KB123250

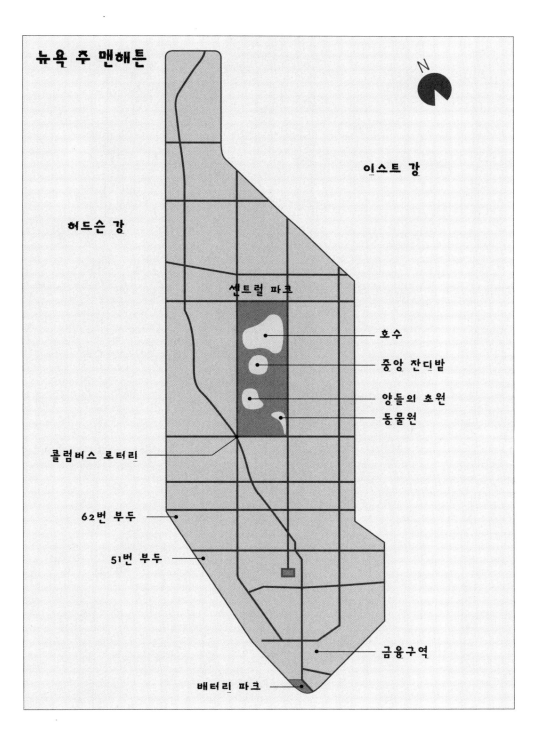

뉴욕 주 맨해튼

이스트 강

허드슨 강

센트럴 파크

호수

중앙 잔디밭

양들의 초원

동물원

콜럼버스 로터리

62번 부두

51번 부두

금융구역

배터리 파크

뉴욕 쥐 이야기

뉴욕 쥐 이야기

—— 토어 세이들러 글 · 프레드 마르셀리노 그림 ——

권자심 옮김

논장

청소년시대 02
뉴욕 쥐 이야기

개정판 6쇄 2018년 10월 5일 | 개정판 1쇄 2014년 8월 12일
초판 1쇄 2003년 10월 28일
지은이 토어 세이들러 | 그린이 프레드 마르셀리노 | 옮긴이 권자심
펴낸이 박강회 | 펴낸곳 도서출판 논장 | 등록 제10-172호 · 1987년 12월 18일
주소 10881 경기도 파주시 회동길 329 전화 031-955-9164 전송 031-955-9167
ISBN 978-89-8414-178-0 43840

A RAT'S TALE by Tor Seidler, pictures by Fred Marcellino
Text copyright ⓒ 1986 by Tor Seidler
Pictures copyright ⓒ 1986 by Fred Marcellino
All rights reserved.
Korean copyright ⓒ 2003 by Nonjang Publishing Co.
This Korean edition was published by arrangement with Farrar, Straus and Giroux,
LLC, New York through Korean Copyright Center, Seoul.

이 책의 한국어판 저작권은 한국저작권센터(KCC)를 통해 저작권자와 독점 계약한 논장에 있습니다.
저작권법에 의해 한국 내에서 보호를 받는 저작물이므로 무단 전재와 복제를 금합니다.

· 책값은 뒤표지에 있습니다. · 잘못 만들어진 책은 구입하신 서점에서 바꾸어 드립니다.

차 례

1장 첫 만남

아주 무더운 여름날이었다. 센트럴 파크(미국 뉴욕 주 맨해튼 섬에 있는 매우 큰 공원. 공원 안에 동물원, 메트로폴리탄 미술관을 비롯해 호수가 세 개 있다:옮긴이)의 모든 짐승들은 꿈쩍도 않고 축 늘어져 있는데, 몬터규 매드랫이라는 젊은 쥐—정식으로 말하면 리틀 몬터규 매드랫—만은 새들이 머물다 간 호수 주변에서 깃털을 모으느라 여념이 없었다.

몬터규는 꼬리에 깃털을 칭칭 감아 모으다가 더 이상 감을 수 없을 만큼 꼬리가 꽉 차자, 키 작은 관목 아래로 쪼르르 달려가 중앙 잔디밭 옆 딸기 넝쿨이 우거져 있는 곳으로 내려갔다. 이번에는 땅에 떨어져 있는 딸기를 모았는데 그중에서도 되도록이면 색깔이 서로 다른 딸기들을 골라서 입 안에 조심스럽게 넣었다. 이 일은 모두 엄마를 위해 하는 것이었다. 몬터규의 엄마는 딸기를 끓여 만든 물감으로 깃털을 물들여서 특이한 장식품을 만들

었는데, 완성된 모양을 보면, 글쎄, 그건 아무래도 모자라고 해
야 가장 잘 어울릴 것 같다.

　몬터규는 입 안에 딸기가 꽉 차서 볼이 불룩해지면 집으로 갔
다. 집으로 가는 지름길은 지하 하수관을 따라가는 길인데, 그리
로 가려면 먼저 센트럴 파크 아래쪽에 있는 콜럼버스 로터리까
지 가야 했다. 그런데 이 로터리까지 가는 데 시간이 꽤 걸렸다.
몬터규가 곧장 가지 않고 일부러 덤불이나 긴 의자가 있는 곳으
로만 골라서 다녔기 때문이다. 몬터규는 다른 젊은 쥐들이 전염
병이라도 되는 양 피해 다녔는데 다른 쥐들 눈에 띄어서 또 놀
림을 당할까 두려워서였다. 처음엔 볼이 불룩하도록 입 안에 딸
기를 넣고 있다거나 꼬리에 깃털을 한 아름 감고 있어서 놀리는
줄 알았지만, 그게 아니었다. 일 년쯤 전이었던가, 부둣가에 사
는 젊은 쥐 한 패거리를 만난 적이 있었다. 그때는 깃털이나 딸
기를 모으기 **전이었는데도** 몬터규가 이름을 말하자 모두들 손
가락질을 하며 놀려 댔던 것이다. 모르긴 해도 다른 이유가 있는
게 틀림없었다. 도대체 그게 뭘까? 그 뒤로 이 수수께끼는 몬터
규의 머리에서 떠나지 않았다. 그리고 몬터규는 점점 다른 쥐들
의 눈을 꺼리게 되었다.

　찌는 듯하던 그날 오후에도 몬터규는 이리저리 돌아서 숨어
다니느라 아직 공원을 벗어나지 못하고 있었다. 바람 한 점 없이

하늘은 숨을 꾹 참고 있는 것 같았다. 몬터규는 개나리 덤불 사이로 얼굴을 내밀고 '양들의 초원'을 바라보았다. 물론 여느 때처럼 양들의 초원에 양은 한 마리도 없었다. 아이스크림이나 풍선을 들고 있는 커다란 아이들만 몇 보일 뿐이었다. 멀리서 어렴풋하게 어떤 소리가 들려왔다. 마치 쥐 한 마리가 양철 지붕 위를 타다닥 내달리는 소리 같았다. 그러다 갑자기 꽝 하고 천둥이 쳤다. 하늘이 이제까지 꾹 참고 있던 숨을 터뜨린 것 같았다. 어렴풋이 들리던 소리는 어느새 요란하게 웅성거리는 소리로 변해 있었다. 초원 주위에 서 있는 나무들은 몰아치는 바람 앞에 하나같이 고개를 숙였다. 아이들은 갖가지 색깔의 풍선들을 그대로 놓고 비를 피해 달아났다. 풍선은 하늘로 올랐고 빗방울은 땅으로 떨어졌다. 둘은 공중에서 맞붙었고 풍선들은 순식간에 터져 버렸다. 빗방울의 승리였다.

마침내 공원을 벗어나 콜럼버스 로터리에 이르렀을 때는 반지르르하던 몬터규의 회색 털은 비에 흠뻑 젖어 엉망이 되고, 깃털은 절반이나 잃어버린 다음이었다. 콜럼버스 로터리도 아수라장이었다. 노란 택시들과 짐을 실은 트럭들이 서로 뒤엉켜 요란스레 경적을 울려 댔고, 비를 쫄딱 맞은 사람들이 사방으로 뛰어다녔다. 몬터규도 거기서 우물거릴 이유가 없었다. 몬터규가 비를 피해 인도 가장자리 밑에 있는 빗물받이로 막 뛰어들려고 할 때

1 1

였다. 다급한 와중에도 무언가가 몬터규의 눈길을 사로잡았다. 로터리 한가운데 우뚝 서 있는 조각상 아래에, 아가씨 쥐 한 무리가 화사한 우산을 하나씩 들고 몰려 서 있는 것이 아닌가! 우산을 쓴 쥐를 처음 보는 몬터규는 눈이 휘둥그레졌다. 좀 있으려니까 커다란 버스 한 대가 조각상 아래에 끼익 하며 섰다. 아가씨들은 우산을 쓴 채 버스 뒤꽁무니에 차례차례 올라타더니 줄을 맞춰 쪼르르 앉았다. 버스가 막 출발하려 할 때였다. 바람이 한바탕 휘이잉 불자 버스 꽁무니 맨 끝에 앉아 있던 쥐의 우산이 갑자기 날아가 버렸다. 그 우산은 버스 위로 높이 솟구쳤다가 세찬 바람에 이리저리 떠밀리기도 하고 허공에서 뒹굴기도 했다.

마침내 우산은 몬터규가 웅크리고 있던 곳에서 얼마 멀지 않은 인도 옆으로 떨어졌다. 그때까지 우산 손잡이를 꼭 쥐고 있던 아가씨 쥐는 놀란 표정으로 동그랗고 반짝거리는 예쁜 눈을 깜빡거렸다. 아가씨는 재채기를 몇 번 하더니 인도 위로 기어 올라가서는 우산을 들지 않은 앞발로 목에 두르고 있던 흐트러진 파란 리본을 매만졌다. 몬터규는 리본을 두른 쥐도 처음 보았다.

아가씨가 투덜거렸다.

"아유, 정말 별일이야."

아가씨는 반짝이는 플라스틱 우산 아래에서 살짝 웃음을 짓더니 몬터규에게 말을 걸었다.

"다 봤어요?"

몬터규는 입에 딸기를 가득 물고 있어서 고개만 끄덕거렸다.

아가씨는 비밀을 털어놓기라도 하는 듯 말했다.

"실은 정말 재미있었어요. 그런데 당신도 부둣가에 살아요?"

몬터규는 다시 고개를 끄덕였다.

"그럴 거라고 생각은 했어요. 그런데 털 색깔이 좀 더 짙고,

또, 볼이……. 기분 나쁘게 듣진 말고요. 꼭 볼이 다람쥐처럼 생겼네요. 우산을 안 갖고 나왔어요?"

몬터규는 우산이라곤 가져 본 적이 없었기 때문에 설령 말을 할 수 있었다 해도 대답하기 난처한 질문이었다. 그래서 그냥 씩 웃고 말았는데 그 모습에 아가씨는 깔깔거리며 웃음을 터뜨렸다.

아가씨가 잿빛 눈을 반짝이며 말했다.

"정말 미안해요. 하지만 당신이 웃으니까……. 그나저나 볼이 어떡하다 그렇게 된 거예요?"

몬터규의 얼굴에서 미소가 가셨다.

그러자 아가씨가 말했다.

"어머, 일부러 기분 나쁘게 하려고 한 건 아니었어요! 난 그냥 불룩 튀어나온 볼하고 그 깃털이 신기했을 뿐이에요. 거기다 우산도 없이 그렇게 비를 쫄딱 맞고 있는 모습이 너무 우습잖아요. 아침부터 강 건너에 먹구름이 잔뜩 끼어 있었는데 우산도 안 들고 나왔어요?"

아가씨는 자기가 말을 해 놓고도 제풀에 웃겨서 다시 깔깔거리기 시작했다. 결국 아가씨는 억지로 웃음을 참으려고 앞발로 주둥이를 틀어막았다. 바로 그때 또 한 번 세찬 바람이 콜럼버스 로터리를 훑고 지나가자, 다른 앞발에 들려 있던 우산이 획 날아가 버렸다. 우산은 바람을 타고 공원 쪽으로 날아가 비바람에 고개를 숙인 나무 꼭대기 위로 떠오르는가 싶더니 점점 작아졌다. 마치 더운 여름을 피해 북쪽으로 날아가는 새처럼 우산은 비를 뚫고 멀리멀리 사라졌다.

아가씨가 말했다.

"아유, 이게 뭐람!"

아가씨의 털이 젖는 것을 보다 못해, 몬터규는 앞발로 빗물받이 창살을 가리키며 먼저 내려가라고 손짓했다. 그러자 아가씨는 이상하다는 듯 몬터규를 바라보았다.

아가씨는 눈을 깜빡거려 속눈썹에 떨어진 빗방울을 털어내며 말을 이었다.

"나더러 길을 건너가라고요? 비가 그칠 때까지 기다리는 게 더 낫지 않을까요?"

몬터규는 더 과장된 몸짓으로 아래로 내려가라는 뜻을 전했다.

아가씨가 말했다.

"오, 세상에. 저 밑에 동전이라도 떨어뜨렸어요? 어휴, 나들이가 엉망이 돼 버렸네! 이러다가 뼛속까지 젖고 말겠어!"

이제 몬터규는 신사다운 예의는 바람에 날려 보내기로 마음먹었다. 몬터규는 따라오라는 시늉을 하고는 빗물받이로 뛰어들어 쇠창살 사이로 미끄러지듯 빠져나가 지하수가 콸콸 흐르고 있는 하수관 가장자리에 내려앉았다. 몬터규는 뒤를 올려다보며 아가 씨가 따라오기를 기다렸다. 좀 있으려니 창살 틈새로 주둥이가 살짝 비치는가 싶더니 반짝거리는 눈동자가 나타났다.

아가씨가 소리쳤다.

"거기 아래에 있어요? 아무것도 안 보여요!"

몬터규가 대답했다.

"나 여기 있어요!"

아무것도 보이지 않는 게 천만다행이었다. 몬터규가 대답을 하자 입에 물고 있던 딸기가 터져 딸기 즙이 주둥이 밖으로 줄 줄 흘러내렸기 때문이었다.

아가씨가 말했다.

"괜찮아요? 발을 헛디뎌 미끄러졌으니 얼마나 아플까?"

"난 미끄러진 게 아니에요. 어디쯤 사세요?"

"62번 부두 11호에요."

"그럼 얼른 뛰어내리세요. 내가 집까지 바래다줄게요."

"뭐요? 그 아래 하수구로요?"

몬터규는 하수구를 둘러보고 말했다.

"그래도 빗속을 걷는 것보다야 낫지 않겠어요?"

"그런데 당신 목소리 말이에요!"

아가씨 쥐는 이렇게 말하고 또 킬킬거렸다.

사실 입 안에 꽉 찬 딸기 덕분에 몬터규의 목소리는 우스꽝스러웠다. 하필, 하필이면 지금 이렇게 딸기를 입에 물고 있어야 하다니. 그래도 몬터규는 말을 계속했다.

　"내 소개를 먼저 해야겠군요. 나는 몬터규 매드랫(Mad-Rat 미친 쥐라는 뜻:옮긴이)이라고 해요."

　"농담도 잘하네요."

　"정말이에요."

　"정말 웃기는 이름이네요! 어머, 기분 나빴다면 미안해요."

　"당신 이름은 뭐예요?"

　그러자 밝고 신선한 웃음소리가 또 한 번 밑으로 울려 퍼졌다. 몬터규는 이렇게 뭐든지 재미있어 하는 쥐를 만나는 것도 처음이었다.

　"당신은 낯선 쥐잖아요. 그리고 우리 엄마가 낯선 쥐하고는 같이 다니지 말랬어요. 특히 하수구 같은 데는 더 안 될 말이죠."

　그때, 신호등이 바뀌자 택시와 트럭들이 요란한 소리를 내며 움직였다. 여기저기 고인 물웅덩이를 지나면서 차들은 진흙탕 물을 허공에 뿌려 댔는데, 그중에 커다란 흙탕물 한 덩어리가 빗물받이 입구 쇠창살로 곧장 날아들었다.

　어두컴컴한 하수구 안에서 몬터규는 발처럼 보이는 게 획 지나가는 걸 얼핏 본 것 같았다. 곧이어 물에 풍덩 떨어지는 소리

가 또렷하게 들렸다. 그 아름다운 아가씨가 거세게 흐르는 지하수에 떨어진 것이었다! 그냥 두면 아가씨가 떠내려갈 게 뻔했다. 몬터규는 얼른 자기 꼬리를 아가씨에게 던져 주었다. 그 바람에 그나마 남아 있던 깃털마저 순식간에 물살을 타고 떠내려가고 말았다.

온몸이 흠뻑 젖은 아가씨가 둑으로 올라오면서 큰 소리로 투덜거렸다.

"세상에! 정말 별일을 다 보겠어!"

몬터규가 걱정스레 물었다.

"괜찮아요?"

아가씨는 몬터규의 꼬리를 놓으면서 말했다.

"괜찮으냐고요? 그럼요, 괜찮고말고요. 털은 흠뻑 젖고, 우산은 날아가 버리고, 리본은 못 쓰게 되고, 버스도 놓치고, 하수구에 풍덩 빠져서 폐렴에 걸릴지도 모르는 것 빼놓고는 다 괜찮아요!"

"정말 미안해요."

"미안하다고요? 하지만 당신 때문에 이렇게 된 건 아니잖아요."

"어, 그럼 고마워요."

"뭐가요?"

"그러니까…… 내 잘못이 아니라고 해 줘서 말이에요."

아가씨는 흙탕물이 묻은 앞발로 손뼉을 한 번 탁 치며 말했다.

"혹시 가족 내력이에요? 그러니까, 그 목소리 말이에요."

"어, 아니에요. 이건…… 보다시피…… 지금 입 안에 딸기가 꽉 차 있어서 그런 거예요."

"딸기라고요! 으, 그런 걸 먹다니! 부둣가에 사는 쥐들이 딸기를 먹는다는 얘기는 들어 본 적이 없는데. 당신 정말 부둣가에 사는 쥐 맞아요?"

"맞아요."

"당신 꼬리는 아주 길고 멋지네요."

"고마워요."

"그나저나 이 흙탕물에 세균이 있을까요?"

"이건 그냥 빗물인걸요."

"언제 어디서 세균을 묻혀 올지 모르는 일이라고 엄마가 늘 말씀하셨거든요. 이 끔찍한 곳에 전에도 내려와 본 적 있어요?"

"난 거의 매일 오다시피 하는데요. 집으로 가는 지름길이거든요."

"저런! 도대체 어디에 사는데요?"

"그게…… 62번 부두에서 그리 멀지 않은 곳이에요."

그때 머리 위의 쇠창살이 흔들거리자 아가씨도 덩달아 몸서리를 쳤다.

"저게 뭐죠?"

"그냥 차가 지나다니는 소리예요."

"왠지 섬뜩해지는데요. 저, 그럼 우리 집까지 좀 바래다줄래요?"

몬터규는 기꺼이 그렇게 하겠노라고 하고 하수도 둑을 따라 길을 안내하기 시작했다. 가는 길에 몬터규는 몇 번이고 어깨 너머로 뒤를 돌아보며 반짝거리는 아름다운 눈이 어둠 속에서 잘 따라오고 있는지 확인했다. 아름다운 눈 못지않게 목소리도 예뻤다. 아가씨는 듣기 좋은 목소리로 조금 전에 다녀온 나들이 이야기를 재잘거렸고, 우산에 대해 묻는 몬터규의 물음에도 대답했다. 그 우산은 술집에 물건을 대는 가게에서 나온 것이라고 했다.

"그 가게에서 직접 빼내 온 거예요?"

"내가요? 지금 그걸 말이라고 하는 거예요?"

"아, 그럼 당신 아버지가 했나 보군요."

"뭐라고요? 우리 아빠는 그렇게 한가한 분이 아니에요. 아빠가 장사꾼 쥐한테서 산 거라고요."

"아, 그랬군요."

2 1

잠시 뒤 몬터규는 다른 빗물받이를 통해 땅 위로 올라갔다. 부둣가는 바로 길 건너에 있었다. 그새 비가 그치고 구름도 걷혀 있었다. 비 온 뒤, 도로의 깨끗하고 상쾌한 냄새가 코끝을 간질였다.

인도 가장자리로 올라간 몬터규 옆에 아가씨가 서면서 감탄했다.

"정말 빠르네요!"

몬터규가 길 건너편을 앞발로 가리키며 말했다.

"저기가 62번 부두예요."

"나도 알아요. 그런데 당신 코에서 피가 나는 건가요?"

몬터규는 고개를 숙여 얼른 침을 닦아 내고는 부끄러운 듯 중얼거렸다.

"아니에요. 이건 그냥 딸기 즙이에요."

"아, 딸기! 참, 깃털은 어떻게 하죠?"

"괜찮아요. 꼭 필요한 건 아니니까."

지나가는 차들을 지켜보던 아가씨는 차들이 오지 않자 인도 아래로 기어 내려가다가 갑자기 멈춰 서더니 말했다.

"하지만 나 때문에 깃털을 잃어버린 거죠? 흙탕물에서 나를 끌어올리느라고요."

몬터규는 그저 어깨를 한 번 으쓱해 보였다. 아가씨는 다시 인도로 올라오더니 몬터규의 코에 입을 맞췄다. 그러고는 다시 등을 돌려 우아한 모습으로 도로를 가로질러 가서는 부두에 있는 창고로 재빨리 몸을 감춰 버렸다. 강가에는 그런 거대한 부두들이 수도 없이 쭉쭉 뻗어 있었다.

2장 몬터규네 가족

몬터규가 엄마를 위해 깃털과 딸기를 모으는 동안, 뉴욕 시에 사는 대부분의 젊은 쥐들은 동전을 찾느라 거리를 쏘다닌다. 하지만 몬터규는 그런 쥐들에 대해 아는 게 거의 없었다. 공원을 헤매 다니지 않을 때는 집에만 눌어붙어 있기 때문이다. 물론 이따금 하수구에서 다른 쥐를 우연히 만나 이야기를 나눈 적은 있었다. 하지만 그렇게 예쁘고 특별한 아가씨를 만나 얘기까지 나눠 본 건 태어나서 처음이었다. 끝내 이름을 말해 주지는 않았지만······.

무언가에 홀리기라도 한 듯, 몬터규는 아가씨 쥐를 따라 길을 건넜다. 아가씨가 사라진 문엔 자물쇠가 채워져 있었는데, 문 아래쪽에 작은 틈새가 있었다.

틈새 안으로 들어서자 의심에 찬 목소리가 들려왔다.

"으응? 도대체 누구를 찾아왔소?"

몬터규는 왼쪽 오른쪽을 번갈아 둘러보았지만 아무도 보이지 않았다. 그래도 대답은 해야 할 것 같아 말했다.

"저는 11호를 찾아왔는데요."

"11호라고?"

그제야 몬터규는 아래를 내려다보고는, 문을 지키고 있는 몸이 자그마한 동면쥐(보통 쥐보다 몸의 크기가 작은 쥐의 한 종류. 영어 이름이 dormouse인데, 작가는 문을 뜻하는 영어 door와 dormouse의 dor를 연결해 문지기 쥐로 등장시켰다:옮긴이)를 발견했다. 그 쥐는 마치 군인처럼 허리를 꼿꼿이 펴고 서 있었지만, 아무리 그래도 작은 키는 어쩔 수 없었다.

문지기 쥐가 물었다.

"모벌리랫 씨 가족과 만나기로 했소?"

몬터규는 아가씨 쥐의 성을 들은 것만으로도 짜릿한 기쁨을 느끼며 대답했다.

"그런 건 아니지만, 저……."

몬터규가 말을 다 끝내기도 전에 문지기 쥐가 찍찍거리며 악을 썼다.

"망할 놈의 쥐 같으니라고! 현관에 피가 떨어지잖아!"

몬터규는 얼른 주둥이를 닦았다. 지저분한 콘크리트 바닥이 현관이라고는 생각지도 못했다.

"정말 미안해요. 이건 그냥 딸기 즙이에요."

"어쨌거나 썩 밖으로 나가요!"

몬터규는 현관에서 물러났다.

문지기 쥐는 투덜대면서 문에 기댄 채 틈새를 막고 서서 말했다.

"모벌리랫 씨 가족 중에 누굴 만나러 왔소?"

"저, 실은…… 잘 모르겠어요."

"잘 모르겠다고? 나, 참. 그럼 누가 찾아왔다고 전하리까? 당신, 자신이 누군지는 알기나 하는 거요?"

문지기 쥐의 물음에 몬터규는 자기 처지를 생각해 보았다. 무슨 이유에서인지는 몰라도, 좀 전까지는 머릿속이 온통 아름다운 모벌리랫 양을 다시 만나고 싶다는 생각으로 가득 차 있었다. 하지만 이렇게 온몸이 쫄딱 젖은 채 딸기 즙이나 흘리고 있는 모습으로는 그 아가씨를 다시 만나 봐야 아무런 소용이 없다는 걸 깨달았다. 몬터규는 조용히 꼬리를 돌려 슬픈 어깨를 하고 왔던 길을 되돌아 기어갔다. 몸을 꼿꼿이 세운 문지기 쥐가 투덜대는 소리를 뒤로한 채.

길 건너에 있는 빗물받이로 다시 미끄러져 들어간 몬터규는 지하수를 따라 몇 구획을 가다가 금이 간 콘크리트 하수관으로 들어섰다. 안으로 들어갈수록 하수관을 채우고 있는 연기가 짙어졌다. 이윽고 집에 다다랐다.

오래전에 이 콘크리트 하수관의 약한 부분 위로 흙이 무너져 내려서 하수관이 막히게 되었는데, 이렇게 해서 하수관 한쪽 끝에 만들어진 막다른 공간이 몬터규네 집이 되었다. 높다랗게 쌓인 진흙더미는 자연히 몬터규네 뒷벽이 되었는데, 그 꼭대기에서는 매드랫 씨가 진흙으로 성을 만드는 데 열중해 있었다. 벌써 107번째 성이었다. 나머지 106개의 성은 매드랫 씨의 발밑 진흙 비탈에 죽 늘어서 있었다.

바닥에서는 매드랫 부인이 힘겹게 몸을 질질 끌고 다니며 불을 일으키고 있었고 연기를 뿜어 대는 불 위에는 물감을 끓이는 깡통이 올려져 있었다. 매드랫 부인은 왔다 갔다 하면서 어린 자식들에 걸려 넘어지면서도 전혀 아랑곳하지 않고 이 깡통에서 저 깡통으로 바삐 움직였다. 진흙 성 기슭에 놓인 정어리 깡통 안에서는 아직 눈도 뜨지 않은 맨송맨송한 아기 쥐 여섯 마리가 빽빽 울어 대고 있었지만 매드랫 부인에겐 조금도 들리지 않는 모양이었다. 매드랫 부인의 몸에는 깃털이 여기저기 붙어 있었고, 수도관의 둥근 콘크리트 벽에는 화사한 깃털 모자가 걸려 있었다. 몬터규는 동생들의 울음소리나, 진흙 성, 자욱한 연기, 깃털 모자에 이미 이골이 나 있었지만 오늘만큼은 웬일인지 이것들이 자신을 옥죄는 것 같았다.

매드랫 부인이 성가시게 구는 아이들에게 소리를 질렀다.

"어이구, 이 녀석들아!"

그때, 연기를 뚫고 몬터규가 나타났다.

"엄마, 늦어서 죄송해요. 폭풍우가 몰아쳐서 그만……."

매드랫 부인이 몬터규의 말을 가로막았다.

"몬티(몬터규를 줄여서 친근하게 부르는 이름이다:옮긴이), 말을 하면 어떻게 하니?"

28

매드랫 부인은 몬터규의 꼬리를 보더니 눈이 휘둥그레져서 말을 이었다.

"아니, 깃털은 다 어디로 간 거야?"

몬터규가 설명을 하려고 하는데 매드랫 부인은 몬터규에게 아무 말도 하지 말라고 손짓을 하고는, 낡은 참치 깡통으로 데려가서 입 안에 물고 있던 딸기를 뱉게 했다. 깡통을 들여다보고 매드랫 부인이 깜짝 놀라 쓰러지려는 걸 몬터규가 얼른 부축했다.

매드랫 부인이 힘없이 말했다.

"아이고, 색깔이, 색깔이 모두 뒤섞여 버렸잖아."

"엄마, 정말 죄송해요!"

몬터규가 아가씨 쥐와 이야기를 하는 바람에 기껏 색깔 별로 모았던 딸기들이 한 덩이로 엉켜 곤죽이 되어 있었다.

"그럼, 깃털은 어떻게 된 거냐?"

"저, 엄마, 아주 끔찍한 폭풍이 불어서요. 그래서……."

"그래서 깃털을 몽땅 잃어버렸다는 게냐? 몽땅!"

"지금은 불을 꺼 두는 게 좋겠어요."

몬터규는 염료 깡통 밑에서 타오르고 있던 불을 하나씩 조심스럽게 껐다. 그러고 나서 폭풍우 이야기를 자세히 들려주면서 엄마를 위로하려고 애썼다. 하지만 매드랫 부인은 그저 염료 통 안을 쓸쓸히 들여다볼 뿐이었다. 몸을 질질 끌면서 다른 빈 염료

통 앞으로 가서는 또 하염없이 통 안을 들여다보는 엄마의 모습에 몬터규는 가슴 한 귀퉁이가 아려 왔다.

조금 지나자 몬터규에게 좋은 생각이 떠올랐다.

"엄마, 오늘 버뮤다에서 숙모가 돌아오는 날 아니에요? 우리 마중 나가요. 어서요. 가서 흔들게……."

하마터면 '모자도 가져가고요.' 하고 말할 뻔했다. 모자 이야기는 피해야 한다는 생각이 퍼뜩 들어 다행히 얼른 입을 다물었다. 매드랫 부인은 몬터규의 제안에도 별로 기분이 나아진 것 같진 않았지만, 가자고 아들에게 앞발을 내밀었다. 매드랫 부인은 자기가 만든 모자들을 뒤로하고 자욱한 연기를 빠져나와서야 조금 생기를 되찾은 것 같았다.

몬터규와 매드랫 부인은 부둣가에 다다랐다. 부두는 사람들로 넘쳐나고 있었다. 몬터규는 엄마를 조심스럽게 이끌고 사람들이 다니지 않는 곳으로 에둘러 가서 부두 끝에 이르렀다. 몬터규는 말뚝 꼭대기 위에 꼬리를 올려 엄마가 올라갈 수 있게 했다. 말뚝 위에 올라서자 예인선 여러 대가 거대한 쾌속선을 부두로 미는 모습이 한눈에 들어왔다. 배는 길게 기적을 울려 대고 바닷물은 늦은 오후의 햇살을 받아 황금빛으로 찰랑거리고 있었다. 이 모든 게 잘 어우러져 환상적인 분위기를 자아냈다. 물론 사람들이 없으면 더 좋았겠지만.

드디어 거대한 쾌속선이 정박하자 부두로 다리가 내려지고 밀 짚모자와 화려한 모양의 짧은 반바지를 입은 사람들이 쏟아져 나 왔다. 모두들 귀청이 떨어져라 떠들어 대고 있었다. 다행히도 몬 터규가 올라와 있는 말뚝까지는 사람들의 눈길이나 발길이 미치 지 않았다. 굵은 밧줄이 말뚝에 탄탄하게 매어져 있었는데, 멋스 러운 프랑스산 담뱃갑을 등에 지고 마치 줄타기를 하듯 미끄러 져 내려오는 쥐에겐 더할 나위 없이 편리한 길이 되었다.

바로 그 쥐가 몬터규의 숙모인 엘리자베스 매드랫이다. 엘리 자베스는 나이가 들었지만 흰 털 하나 없이 여전히 아름다웠고, 이국적인 분위기를 풍겼다. 꼬리에는 아름다운 은색 고리가 매 달려 있었는데, 거기엔 해와 달 모양이 새겨져 있었다. 엘리자베 스는 말뚝 위에 도착하자 담뱃갑을 내려놓고는 한숨을 내쉬었다. 담뱃갑에는 춤추는 집시 그림이 그려 있었다.

매드랫 부인이 들뜬 목소리로 말했다.

"동서, 코가 꼭 딸기처럼 붉어졌네. 여행은 어땠어?"

엘리자베스는 애틋한 눈길로 쾌속선을 바라보며 대답했다.

"정말 딴 세상 같았어요. 바하마로 가는 배는 내일 모레나 돼 야 떠나는데."

매드랫 부인은 동서를 위로하듯 말했다.

"그래도 이렇게 얼굴을 보니까 얼마나 반가운데."

"나도 형님 얼굴 보니 좋아요. 맨해튼은 그저 그런 섬이지만 그래도 올 때마다 새롭기도 하고."

"그래, 환상적인 섬까지는 아니지만, 동서 말마따나 영 시시한 곳은 아니잖아."

"아, 몬티, 잘 있었니? 봉주르!"

"숙모도 안녕하셨어요?"

"키가 더 커진 것 같구나, 몬티. 아니면 꼬리가 길어진 건가? 정말 꼬리가 아주 멋지구나."

"고마워요."

지난달에 봤을 때도 같은 말을 들었지만, 몬터규는 선선히 그렇게 대답했다.

엘리자베스 숙모는 쾌속선에서 눈길을 떼지 못했다. 숙모는 잠시도 집에 붙어 있지 못하고 외국에서 멋지게 보내는 데만 정신이 팔려 있었다. 몬터규가 듣기로는 숙모가 하도 여기저기 섬들을 돌아다니며 여행하는 걸 좋아하는 바람에 삼촌과 헤어지게 되었다고 한다. 신비에 쌓인 그 삼촌이 바로 '빅 몬터규 매드랫'이다. 몬터규의 이름은 그 삼촌의 이름을 따서 지었다. 몬터규와 매드랫 부인은 엘리자베스를 간신히 달래서, 마침내 부두를 벗어나 하수구로 내려갔다.

집에 도착하자 연기는 잦아들어 있었고, 아기들도 잠이 들어

가끔 잠결에 칭얼대는 소리만 했다. 매드랫 씨는 여전히 비탈 꼭대기에 선 채로 엘리자베스에게 앞발을 흔들어 인사하고는 곧장 107번째 성으로 돌아섰다. 매드랫 부인은 물감을 만들 변변한 딸기도 없는 마당에 집 안에서 불을 다시 피우기가 싫었는지 익히지 않아도 되는 음식을 준비하기 시작했다. 몬터규는 세수를 하다가 벽에 기대어 놓은 깨진 거울 앞에서 자기 모습을 열심히 뜯어보았다. 전에 없던 일이었다. 주둥이에 묻은 딸기 즙을 말끔히

닦아 내고서 아직 솜털 같은 콧수염이 얼마나 자랐는지도 보고, 머리 모양도 열심히 들여다보았다. 몬터규는 얼굴을 찌푸렸다. 자꾸 들여다볼수록 아무래도 한쪽 귀가 더 큰 것 같았다.

저녁을 먹고 엘리자베스 숙모가 몬터규에게 담뱃갑을 열어 보라고 했다. 담뱃갑 안에는 담배 대신 여러 가지 물건이 들어 있었는데, 투명하면서도 반짝이는 금빛 조개껍데기도 두 개 들어 있었다.

몬터규는 조개껍데기를 자세히 살펴보면서 말했다.

"정말 고마워요, 숙모. 정말 아름다워요."

"정말 그렇지? 거기다 그림을 그리면 정말 멋질 거야. 전에 준 조개껍데기에는 뭘 그렸니? 어디 한번 보자."

지난 겨울에도 숙모가 카리브 해에 다녀오면서 조개껍데기를 두 개 가져다주었다. 몬터규는 둥우리처럼 생긴 침대로 가서 발치에 놓여 있던 꽤 커다란 성냥갑을 열어 맨 위에 있는 조개껍데기를 꺼냈다.

그걸 보더니 엘리자베스가 말했다.

"어머나, 몬터규, 정말 예쁘구나. 이 푸른색 좀 봐. 꼭 바다 색깔 같아."

엘리자베스가 보고 있는 조개껍데기에는 치자 꽃이 그려져 있었는데, 그 꽃은 몬터규가 센트럴 파크에서 주운 것이었다. 아마

인간의 단춧구멍에 꽂혀 있던 게 떨어졌을 것이다. 꽃 뒤의 배경
은 푸른색으로 마무리되어 있었다. 몬터규가 가장 좋아하는 색
이었다. 이 그림을 그리는 데 세 달이 걸렸다. 깃털 끝을 뾰족하
게 깎아서 아주 작은 점을 점점이 찍어 그림을 그렸기 때문이다.
물감은 엄마의 염료 통 바닥에 진하게 굳어 있는 찌꺼기를 썼다.
또 다른 조개껍데기에는 역시 센트럴 파크에서 보았던 나비의 날
개를 그렸는데, 아직 반밖에 그리지 못했다.

엘리자베스의 입에서 감탄이 새어 나왔다.

"그래, 정말 눈부신 솜씨야. 이젠 작품도 꽤 많겠구나. 열 개
는 넘겠어. 그렇지?"

"모두 숙모 덕분이에요."

"뭘, 그냥 널 위해서 내가 해 줄 수 있는 일을 했을 뿐이야."

맞는 말이었다. 숙모는 늘 몬터규에게 아름답게 반짝거리는
조개껍데기를 가져다주었고, 거기에 그림을 그리기란 더디고 어
려운 일이긴 해도 몬터규에게는 유일한 낙이었던 것이다. 바로
그날 오후 폭풍이 몰아치기 전까지는 말이다. 그때까지 몬터규
는 평생 가족과 함께 살면서 조개껍데기에 그림을 그리는 게 삶
의 전부라고 생각하고 있었다.

3장 이자벨과 부두 쥐들

　사람들 사이에 쥐는 그리 평판이 좋은 동물이 아니다. 어떤 쥐들은 밤에 물어뜯기도 하고 물건을 갉아 먹기도 해서 병균을 퍼뜨리기 때문이다. 인간보다 힘이 약한 쥐들은 벌써 오래전에 땅밑 어둡고 음침한 하수구나 지하실로 쫓겨났다. 적어도 뉴욕에서는 그랬다. 그런데 이삼십 년 전에 커다란 해운 회사들이 문을 닫자, 부둣가에 있던 몇몇 창고가 쓰이지 않은 채 버려졌다. 그러자 쥐들은 이 부둣가 창고로 대대적인 이사를 시작했다. 누가 생각해도 하수구보다야 부둣가가 훨씬 더 살기 좋기 때문이었다.

　버려진 부둣가에서 유일하게 쥐들이 살지 않는 부두는 51번 부두였는데 거기에는 사람이 살았다. 사람들이 쥐를 싫어하는 만큼 쥐들도 사람들을 달가워하지 않았으니 당연한 일이었다. 사람들은 51번 부두에 사는 사람을 부두 주인이라고 불렀는데, 자기 전 재산을 털어서 부두 창고 몇 개를 샀다가 한 달도 안 돼

불경기가 닥치는 바람에 망해 버린 사람이었다. 전 재산을 부두에 쏟아 부었으니 당연히 부두 주인은 거기에서 살 수밖에 없었다. 그 사람은 날이 갈수록 심술이 사나워져서 쥐들이 아무리 공격을 해도 끄떡도 하지 않았다.

가장 재빠르고 똑똑한 쥐들은 당연히 번호가 60번대로 시작하는 부두에 살고 있었다. 이곳이 부두 중에서도 가장 살기 좋은 곳이었으니까. 이곳은 전에 화물을 실은 배들이 드나들던 곳이어서 창고마다 빈 나무 상자들이 가득 쌓여 있었다. 그 나무 상자 하나하나는 쥐 한 가족이 살기에는 더없이 사치스러운 공간이었다.

그런데 이렇게 깨끗하고 쾌적한 생활이 몸에 익은 데다 나름대로 통치 기구도 꾸려서 질서 있게 살아가려고 할 무렵, 부두 주인이 초록색 외바퀴 손수레를 끌고 부두마다 돌아다니기 시작했다. 손수레에는 보건국에서 받은 쥐약이 높게 쌓여 있었다. 보건국이라니, 정말 말도 안 되는 이름이었다. 그건 쥐들의 보건과는 너무 거리가 먼 얘기였으니까. 수많은 쥐들이 끔찍한 죽음을 맞았다. 살아남은 쥐들은 이제 독약이 넘쳐나지만 이 호사스러운 곳에서 계속 살 것인지, 아니면 다시 하수구로 쫓겨 갈 것인지 결정을 해야 했다. 쥐가 아무리 착하고 깨끗하다 한들 사람들이 쥐를 혐오하는 마음을 없앨 수 없다는 걸 쥐들도 잘 알고 있었다.

그러던 중에 어느 영리한 쥐가 초록색 저주로부터 쥐들을 구해 낼 계획을 생각해 냈다. 초록색 저주란 초록색 손수레를 부르는 말이었다. 대개 쥐들은 뭔가를 잘 찾아내고 잘 모으는 습성이 있다. 특히 동전처럼 반짝거리는 것은 더 그렇다. 부두 주인이 못되게 구는 이유는, 그가 매일 투덜거리는 것처럼, 재산을 모두 잃었기 때문이었다. 그 영리한 쥐는 집세라고 치고 돈을 모아 그 사람에게 주자고 제안했다. 쥐들은 그때까지 비밀스레 모아 두었던 돈을 모두 내놓고도 모자라 동전을 더 모으려고 길거리로 나섰다.

어느 한여름 밤이었다. 헤아릴 수 없이 많은 쥐들이 51번 부두 앞에 놓인 커다란 빗물받이 통 앞에 모여들어 동전을 채워 넣었다. 오랜 가뭄으로 이미 말라서 속이 텅 비어 버린 통이었다. 동전은 자그마치 5만 달러나 되었다. 쥐들은 이 돈을 누가 냈는지 부두 주인이 분명히 알아볼 수 있도록 동전을 쥐들의 시체로 덮어 두었다. 마치 기적처럼 바로 다음 날 쥐약이 사라졌다. 그 뒤로도 쥐들은 매년 여름이면 길거리에서 주운 동전 5만 달러를 통 속에 채워 넣었다. 부두 주인은 곧바로 고층 아파트로 이사를 갔다. 그 뒤로 부두 주인은 쥐들을 위협하는 이웃들도 쫓아내 주었고, 자기에겐 쓸모없는 이 부두에서 쥐들이 편안히 살도록 해 주었다.

　이 부둣가에서 가장 호화로운 곳은 62번 부두였다. 바로 그 폭풍우가 치던 날 오후에, 이자벨 모벌리랫이 몬터규에게 입을 맞추고 총총히 사라져 간 곳이다. 이자벨은 자그마한 문지기 쥐에게 살짝 웃음 짓는 걸로 인사를 대신하고 가장 큰 나무 상자들이 있는 쪽으로 기어가서 맨 끝에 있는 11호 상자로 들어갔다. 이자벨은 툭하면 흥분하는 엄마 눈을 피하려고 일부러 나무 상자 뒤쪽에 나 있는 틈으로 들어갔다. 다행히도 모벌리랫 부인은 부엌에서 꽃잎으로 꽃꽂이를 하고 있었다. 모벌리랫 부인은 치즈에 정신이 팔려 있지 않으면 으레 꽃꽂이를 했다. 하지만 엄마에게 지저분한 꼴을 들키지 않으려는 이자벨의 계획은 실패로 돌아갔다. 모벌리랫 부인의 뚱뚱한 모습이 나타난 것이다.

　모벌리랫 부인이 들고 있던 장미 꽃잎을 떨어뜨리며 비명을 질렀다.

　"세상에! 이지(이자벨을 친근하게 부르는 애칭이다:옮긴이), 너 맞니? 어쩌다 그런 꼴이 됐어!"

　이자벨은 작은 소리로 중얼거렸다.

　"아유. 엄마, 정말 끔찍한 폭풍이 불었어요. 엄마도 그걸 봤어야 하는데."

　모벌리랫 부인은 좀 전에 엘리가 리즈랫 부인의 심부름으로

꽃집 바닥에서 주운 꽃잎을 가져왔다고 하면서 말했다.

"엘리도 너랑 같이 갔잖니? 그런데 엘리는 너같이 심한 꼴이 아니던데. 넌 꼭…… 하수도에서 나온 것 같잖아!"

이자벨은 당당히 말했다.

"하지만 엘리는 버스에서 날려 떨어지지는 않았잖아요. 참, 엄마, 나 우산도 잃어버렸어요."

"버스에서 날아갔다고? 우산도 잃어버리고? 세상에, 그럼 어떻게 집에 온 거야? 설마 혼자 버스를 탄 건 아니겠지?"

"당연히 안 그랬죠."

이자벨은 지저분해진 파란 리본을 목에서 풀어서 이젠 못쓰게 됐다고 투덜대며 쓰레기통에 던져 넣었다.

"이지, 그럼, 설마 지하철을 탄 건 아니겠지?"

"안 탔어요."

"그럼 도대체……. 어머나! 너 코피가 나잖아!"

다행히도 쥐들은 귀만 빨개진다. 이자벨은 얼른 주둥이를 닦아 냈다. 몬터규에게 입 맞출 때 묻은 딸기 즙이었다.

"이지, 정말이지 거지가 따로 없구나. 여기 민스터 치즈 좀 먹어 보렴."

엄마 말에 이자벨은 화가 나서 발을 동동 굴렀다. 치즈 때문이 아니라 거지 같다는 말 때문이었다.

"커다란 흙탕물이 튀어서 하수구 속으로 빠졌는데, 그럼 어떻게 해요?"

"하수구라고! 이런, 이자벨 모벌리랫! 병균이 묻었으면 어떡해!"

모벌리랫 부인은 야단법석을 떨면서 햄 깡통으로 만든 목욕통으로 딸을 데리고 갔다. 목욕통엔 기다란 대롱이 대어 있었는데 그 대롱은 지붕 위 물탱크에 연결되어 있어서 물을 편리하게 쓸 수 있었다. 곧, 이자벨은 한가롭게 비누 거품 속에 누워서 조금 전 폭풍 속에서의 모험 생각에 꿈꾸듯 빠져 들었다.

하지만 모벌리랫 부인은 딸을 그대로 놔둘 성미가 아니었다. 모벌리랫 부인은 약간 납작한 깡통 끝에 걸터앉더니 딸에게 질문 세례를 퍼붓기 시작했다.

"애초에 도대체 왜 하수구 근처에 있었던 거니, 응?"

"비가 내렸어요."

"그래서, 그래서 거기서 뭐 하고 있었냐고?"

"실은, 빗물받이 아래에 있던 어떤 쥐하고 얘기하고 있었어요."

"빗물받이라고! 설마 모르는 쥐하고 얘기를 한 건 아니지? 하지만 아는 쥐들 중엔 하수구로 다니는 쥐가 없는데."

부둣가에 사는 쥐들은 한때는 자기들도 지하 하수구에서 살았

다는 걸 까맣게 잊고 있었다. 이자벨은 앞발을 휘저어 거품을 일
으키며 말했다.

　"사실 그 남자는 낯선 쥐였어요. 하지만 자기를 소개하더라고
요."

　"뭐, 남자라고?"

　"네, 그 쥐는 아주 친절했어요, 엄마. 좀 우습기도 했지만. 그
리고 내 생명을 구해 줬어요. 꼬리를 써서요."

　모벌리랫 부인은 아주 흥분해서 꽥 소리를 질렀다.

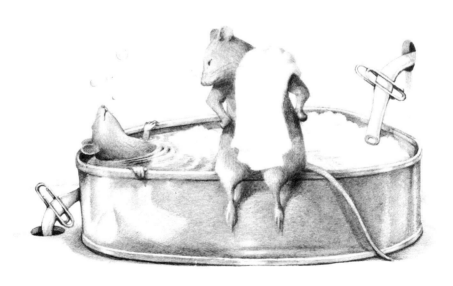

"꼬리를 썼다고!"

모벌리랫 부인은 너무 흥분한 나머지 하마터면 목욕통 속으로 미끄러질 뻔했다.

"네, 그 쥐가 꼬리를 던져 주지 않았다면 난 땅끝까지 휩쓸려 내려갔을 거예요. 정말 착한 쥐였어요, 엄마."

"이자벨!"

"어쨌든 좋은 일을 한 거잖아요."

"낯선 쥐가 꼬리를 던져 주었다고! 맙소사. 이자벨, 안 그래도 네 아버지더러 너랑 얘기 좀 하라고 할 참이었는데. 그 쥐도 부두에 사는 쥐였니?"

"물론이에요."

"천만다행이구나. 그 쥐 이름을 알고 있다고 했니?"

"네, 하지만 사실 그 말을 믿어야 할지 어떨지 모르겠어요. 자기 이름이 몬터규 매드랫이라고 했거든요. 정말 말도 안 되는 이름이잖아요?"

모벌리랫 부인은 갑자기 정색을 하더니 벌떡 일어나서 딸을 똑바로 바라보았다.

이자벨은 여전히 거품으로 장난을 치며 말했다.

"하여간 그 쥐가 그렇게 말했어요. 그리고 그 쥐는 정말 착한 쥐였어요. 나를 구하느라고 깃털을 다 잃었거든요."

모벌리랫 부인은 착 가라앉은 목소리로 딸에게 말했다.

"이자벨, 너 매드랫 집안에 대해서 들어 본 적이 없니?"

"없어요. 왜요?"

"왜냐고? 그 집안은 아주 소문이 안 좋아. 그 집안은 글쎄 **앞발**로 뭔가를 만든다는구나. 더구나 사촌들끼리 결혼도 한대. 그리고 그 집안의 어떤 쥐는 **사람**하고 거래도 한다는 거야."

이자벨은 놀라서 '흡' 하고 숨을 삼켰다. 모름지기 쥐들은 앞발을 오로지 동전을 모으는 데만 써야지 뭘 만드는 데 쓰지는 않는 법이기 때문이었다.

모벌리랫 부인이 계속 말했다.

"그리고 그 집안은 부두에 살지 않고, 글쎄, 거기…… 어휴, 차마 입에 담지도 못하겠다."

이자벨은 너무 놀란 나머지 기어들어 가는 소리로 속삭였다.

"입에 담지도 못할 정도라고요? 도대체 거기가 어딘데요?"

"도저히 말 못해. 어쨌든 우리 같은 보통 갈색쥐가 살 만한 곳이 못 되는 곳이지."

"어휴, 엄마, 제발 말해 주세요! 궁금해서 미칠 지경이라고요. 그럼 힌트라도 주세요. 네? 정말 예쁘고 날씬한 우리 엄마. 네?"

"알았다, 알았어. 그 집안은 글쎄 'ㅎ, ㅏ, ㅅ, ㅜ, ㄱ, ㅜ'에서 산대."

이자벨은 코끝에 주름을 잡으며 소리쳤다.

"하수구라고요! 그 냄새나는 데서?"

"지금 쓰고 있는 하수구는 아니란다. 하지만 공기는 정말 안 좋을 거야."

이자벨은 새침을 떼면서 "윽!" 하고 짧게 내뱉었다. 물을 대서 쓸 줄 아는 부두의 쥐들에게 청결은 중요한 문제였다. 거지꼴이라는 말을 듣는 것도 참기 어려운데, 불결한 냄새가 나는 하수구에서 산다니, 꿈도 꾸지 못할 일이었다. 갑자기 이자벨의 귀가 쫑긋 섰다.

"문 두드리는 소리가 들리지 않았어요?"

"식료품 배달 왔을 게다. 이번엔 스위스 초콜릿을 빼먹지 않았으면 좋겠네. 참, 행여 배달 온 청년에게 또 눈길 줄 생각일랑 아예 말아요, 아가씨. 잘못 봐도 한참 잘못 봤으니까. 그 배달 청년은 그저 흔한 갈색쥐일 뿐이야."

이자벨은 목욕통에서 튀어나오면서 몸을 재빨리 털어 물기를 말렸다.

"하지만 랜달 리즈랫일지도 몰라요! 엘리가 그러는데 걔네 오빠가 오늘 날 만나러 우리 집에 들를지도 모른다고 그랬거든요."

"어머나, 그럴지도 모르겠네. 그래도 내가 나가 보마. 그러는 게 더 나아. 그 다음에 간식을 준비하면 되지."

하지만 이자벨은 미끄러지듯 뚱뚱한 엄마 옆을 지나 눈 깜짝
할 새에 앞문으로 달려갔다. 가는 도중에 이자벨은 자기 방에 들
러 깨끗한 파란 리본을 능숙한 솜씨로 재빨리 목에 매는 것도 잊
지 않았다.

4장 이름을 알아내다

　　다음 날 오후에 몬터규는 엄마에게 가져다줄 딸기와 깃털을 두 배로 모았다. 몬터규는 잔뜩 부풀어 오른 볼을 하고 꼬리엔 깃털을 잔뜩 감은 채 콜럼버스 로터리에 이르렀다가 잠깐 서서 지나가는 차들 사이로 언뜻언뜻 보이는 조각상 아래를 바라보았다. 바로 어제 모벌리랫 양을 처음 만난 곳이었다. 하지만 더 머무르다가는 딸기가 어제처럼 죽이 될 것이다. 몬터규는 파란 리본 따위를 찾아보는 짓은 포기하고 빗물받이로 휙 몸을 던져 하수구로 내려와 터덜터덜 집으로 향했다. 아, 얼마나 외로운 길이던지! 아무리 뒤돌아봐도 구슬처럼 반짝거리는 눈동자가 따라오지 않는 길을 혼자서 가는 기분이란.

　　몬터규가 돌아오자 엄마는 날아갈 듯한 얼굴로 아들을 반겼다. 매드랫 부인은 아들이 딸기를 참치 깡통에 뱉자 황홀한 얼굴로 외쳤다.

"하나도 부서지지 않았어! 동서, 이리 좀 와 봐! 정말 멋지지 않아?"

엘리자베스는 연기를 뚫고 졸린 눈을 비비며 터벅터벅 걸어 나오면서 맥없이 말했다.

"좋네요."

매드랫 부인은 곧바로 딸기를 색깔 별로 나누어 깡통에 담았 다. 부인은 물감 통을 부산스럽게 오가며 딸기를 저어 대느라 여 전히 아기 쥐들의 울음소리에는 귀를 기울이지 않았다.

바삐 움직이던 부인이 갑자기 일손을 멈추고 돌아서더니 이렇 게 말했다.

"참, 동서, 동서가 떠날 날이 하루밖에 안 남았잖아."

엘리자베스는 그 소리에 갑자기 졸음이 달아난 듯 대답했다.

"정말 그러네."

그때 매드랫 부인이 별안간 아들을 돌아보며 깜짝 놀란 듯이 말했다.

"애야, 지금 한숨 소리 낸 게 너였니? 왜 그러냐 몬티? 무슨 일 있어?"

거울을 들여다보며 열심히 자기 얼굴을 뜯어보고 있던 몬터규가 고개를 들며 말했다.

"뭐라고 하셨어요?"

"지금 한숨을 쉬지 않았느냐고. 네 한숨 소린 처음 듣는다."

"제가 한숨을요?"

"하느님 맙소사! 걱정 마라, 애야. 딸기 즙이 금방 녹을 게다. 그럼 너도 곧 나비 그림을 다시 그릴 수 있어. 벌써 며칠째 그림엔 손도 못 대고 있었지?"

몬터규는 또 한숨을 내쉬며 대답했다.

"그러네요."

"봐라, 또 한숨을 쉬었잖니! 동서도 들었지?"

엘리자베스는 생각에 잠긴 듯한 목소리로 말했다.

"무니 생각이 나네요. 내가 떠날 때 무니도 한숨을 푹푹 쉬어 댔는데."

몬터규는 갑자기 귀가 번쩍 뜨였다. 몬터규는 숙모가 무니라고 부르는, 이름이 자기와 똑같은 삼촌에 대해 늘 궁금하게 생각했다. 하지만 엄마는 숙모가 먼저 얘기를 꺼내기 전에는 삼촌 이야기를 함부로 입 밖에 내지 말라고 몬터규에게 단단히 일러 두었던 것이다. 몬터규는 이 귀중한 기회를 놓칠세라 얼른 숙모에게 물었다.

"숙모는 왜 삼촌을 떠났어요?"

"음, 글쎄. 무니는 정말 멋진 쥐였어. 무니 역시 하수구에 산단다. 센트럴 파크 동물원 아래, 난방 배관 옆에 살지. 여기보다 연기가 더 심해. 무니는 뜨거운 난방 배관을 대장간으로 쓰고 있어. 반지를 만들거든. 무니는 반지 만드는 데 미쳐 있지. 하지만 그곳엔 없는 게 있단다. 바로 수평선이야. 몬티, 쥐들은 수평선을 꼭 보면서 살아야 해. 아니, 적어도 나는 꼭 수평선을 봐야해."

"삼촌은 왜 우리 집에 한 번도 오지 않죠?"

매드랫 부인이 아들에게 설명했다.

"네가 아주 어렸을 때 온 게 마지막이었지. 네 삼촌은 민들레 술을 마시고는 곤드레만드레 취해서 왔었단다. 삼촌은 그때 지저분한 장사꾼 쥐하고 같이 왔는데, 그렇게 약삭빠른 눈을 한 쥐는 처음 봤어. 도대체 민들레 술은 어디서 난 건지, 원."

엘리자베스가 털어놓았다.

"아마 사람들하고 어울리게 돼서 그렇게 변한 걸 거예요. 다나 때문이죠."

"너무 그렇게 자책하지 마, 동서. 다들 그러지 않는가. 다 운명이라고 말이야."

몬터규는 눈이 휘둥그레져서 숙모에게 물었다.

"사람들하고 어울린다고요?"

"내가 알기론, 그 고약한 장사꾼 쥐가 무니를 쥐락펴락하는 것같아. 너도 장사꾼 쥐에 대해 잘 알잖니? 자기네 보따리만 채울수 있으면 아무 데건 안 가는 데가 없고, 아무하고나 어울리고말이야. 타고난 장사꾼들이지. 그 장사꾼 쥐가 무니에게 반지를만들게 하고 그 반지를 어떤 사람에게 팔았던 것 같아. 그러고나서 장사꾼 쥐는 그 대가로 불쌍한 무니에게 술을 주는 거지.자세히는 모르지만, 어쨌건 그리 아름다운 이야기는 아니지."

몬터규는 질문을 계속 퍼부었다.

"엄마, 그럼 내 이름을 왜 그런 삼촌 이름을 따서 지었어요?"

엄마가 대답했다.

"음, 우리가 네 이름을 지을 땐 숙모와 삼촌이 행복하게 잘 살고 있었거든. 그때만 해도 삼촌은 네 숙모를 위해서만 반지를 만들었단다."

엘리자베스는 은반지를 반짝이며 자못 자랑스레 말을 했다.

"한때는 내 꼬리에 다 끼지도 못할 정도로 반지가 많았단다. 이제는 이 결혼반지 하나만 가지고 있지만 말이야. 여행을 하려면 짐이 없을수록 좋은 법이거든."

늘 숙모의 반지를 부러워하던 몬터규가 그 반지에 새겨져 있는 해와 달 모양에 대해서도 물어보자 숙모가 대답했다.

"네 삼촌은 말버릇처럼 해와 달보다도 나를 더 사랑한다고 말했단다."

숙모의 대답을 듣고 몬터규는 다시 한 번 한숨을 내쉬었다. 나도 저런 반지가 있어서 모벌리랫 양에게 선물할 수 있다면 얼마나 좋을까!

몬터규의 한숨 소리에 엄마는 힘주어 말했다.

"세상에, 몬티, 전혀 너답지 않구나! 오늘 공원에서 무리를 한 모양이야. 저녁 먹기 전에 좀 자는 게 좋겠구나. 응?"

"그냥 나가서 바람 좀 쐬고 올게요."

"그럼 그렇게 하든지. 하지만 곧 물감이 진해질 텐데."

몬터규는 엄마의 말을 뒤로한 채, 지하 하수구를 지나 62번 부두 맞은편으로 나왔다. 몬터규는 인도 밑에 쭈그리고 앉아 호화로운 맞은편 부두를 하염없이 바라보며, 바로 하루 전날 불룩

나온 자기 볼에 느꼈던 입맞춤을 되새기고 있었다.

'지금 저 안에 있을까? 아니면 내가 전혀 알지 못하는 멋지고 이상한 곳 어딘가에 있을까? 모벌리랫 양의 이름은 뭘까?'

몬터규의 머릿속에는 하루 종일 갖가지 이름이 맴돌았다. 로잘린드, 다프네(그리스 신화에 나오는 강의 신 라돈의 아름다운 딸:옮긴이), 소피아, 페넬로페(그리스 신화에 나오는 영웅 오디세우스의 아름다운 부인:옮긴이)……. 아무래도 로잘린드가 가장 예쁜 이름인 것 같은데. 하지만 역시 그 이름도 모벌리랫 양의 우아한 걸음걸이와 화사한 미소, 아름다운 눈에는 걸맞지 않은 것 같았다.

커다란 트럭 한 대가 요란한 소리를 내며 다가왔다. 트럭에서 사람이 하나 내리더니 과일과 야채를 부두 창고 앞에 내려놓았다. '친절하기도 하지.' 하고 몬터규는 생각했다. 어쩌면 인간들은 듣던 것만큼 형편없는 족속이 아닐지도 몰랐다. 트럭은 다시 요란한 소리를 내며 다음 부두 창고로 갔다.

시간이 갈수록 몬터규는 주위에서 일어나는 일에 점점 무감각해졌다. 해는 이미 강 너머로 지고 공기는 차가워졌지만, 몬터규는 그런 걸 전혀 알아차리지 못했다. 몬터규는 가로등이 저만치 위에서 깜빡거리는 것조차 눈치 채지 못했다. 배에서는 꼬르륵 소리가 났지만 그것도 들리지 않았다. 허리가 구부정한 할아버지 쥐와 할머니 쥐가 몬터규 주위를 돌며 이상하다는 듯 쳐다보

아도 몬터규는 딴 세상에 있는 사람처럼 넋이 나가 있었다. 마침
내 갈색 할아버지 쥐가 아이스캔디 막대기로 몬터규를 꾹 찔러
보며 말했다.

"죽었나?"

몬터규는 그제야 눈을 깜빡이며 나이 든 부부를 쳐다보았다.

할아버지 쥐는 미안하다는 듯 말했다.

"자네가 꼼짝도 안 하기에 독약을 먹었나 했지. 무슨 나쁜 일
이라도 있었나?"

몬터규는 말없이 고개만 내저었다.

할아버지 쥐가 물었다.

"자네는 쥐 총회에 안 가나?"

"쥐 총회가 뭔데요?"

"쥐 총회가 뭐라니! 쥐 민주주의의 기본도 모르다니! 여보, 미
네르바, 당신도 들었소? 이 젊은이가 쥐 총회도 못 들어 봤다는
구려. 보아하니 부두 쥐가 틀림없는데 말이야."

그의 부인이 놀라며 맞장구쳤다.

"어이구, 세상에나!"

몬터규는 인도 위에 서 있는 나이 든 쥐 부부에게 그 쥐 총회
란 것이 가까이에서 열리느냐고 물어보았다. 할아버지 쥐는 쥐
총회가 금융구역 바로 아래에 있는 배터리 파크에서 열린다고 알

려 주면서, 자기 아내가 회의가 시작되기 전에 부두 쥐들을 이끄는 지도자들의 얼굴을 가까이에서 보고 싶어 해서 여기까지 왔노라고 얘기해 주었다.

"자네도 알다시피 클래런스 리즈랫하고 휴 모벌리랫 말이네. 둘 다 62번 부두에 살지."

그 말이 끝나기가 무섭게 몬터규가 외쳤다.

"모벌리랫이라고요? 모벌리랫은 어떤 쥐인가요?"

"모벌리랫이 누구냐고! 대체 자네 어디에서 살다 왔나, 엉?"

몬터규는 한숨을 쉬며 순순히 대답했다.

"전 만날 집에만 틀어박혀 있어서요. 가끔 공원에도 나오지만."

"휴 모벌리랫은 우리 쥐들 사이에서 아주 높은 양반이라네. 장관이기도 하고 말이야. 우리 쥐들을 위해 큰일을 하는 양반이야, 아무렴."

길 건너편 부두 창고에서 기품 있게 보이는 쥐들이 나오자, 할머니 쥐가 들떠서 소리를 높여 말했다.

"봐요, 클래런스의 아내 라비니아예요! 클래런스도 나오네요. 오, 저기 모벌리랫 가족도 있어요! 마누라는 전보다 살이 좀 붙은 것 같지요?"

할아버지 쥐가 몬터규를 슬쩍 찌르며 말했다.

"내 마누라는 저들을 썩 좋아하는 편은 아니라서, 이름을 함부로 부른다네."

할머니 쥐가 다시 소리를 꽥 질렀다.

"저기 휴가 보이네요. 꼬리 좀 봐요. 품위 없게 실룩거리기는."

몬터규가 할머니 쥐를 붙들고 물었다.

"저기 파란 리본을 목에 두른 쥐는 누구예요?"

"파란 리본이라고? 아, 이자벨 말이군. 휴의 딸이야. 재능이 많은 처자야."

"그럼 이자벨의 앞발을 잡고 있는 건 오빠인가요?"

"아냐, 아냐. 저 젊은이는 랜달 리즈랫이야."

몬터규는 "아." 하고 짧은 소리를 냈다.

이자벨(이자벨은 몬터규의 숙모 이름인 엘리자베스의 변형된 이름이기도 하다:옮긴이)이었구나! 얼마나 아름다운 이름인가! 이자벨은 랜달 리즈랫이라는 높은 가문의 아들에 이끌려 곧 사라지고 말았다. 할머니 쥐가 남편을 끌어당겨 갈 채비를 하자, 몬터규는 쥐 총회에 같이 가도 되겠느냐고 물어보았다. 나이 든 부부는 몬터규의 부탁을 기꺼이 들어주었다.

5장 쥐 총회

몬터규도 뉴욕이 쥐들의 세계에서 가장 중심이 되는 도시라는 건 알고 있었지만, 그날 저녁 배터리 파크에 모여든 수많은 쥐들을 보고는 입이 다물어지지 않았다. 가로등 아래 긴 의자 앞으로 쭉 펼쳐져 있는 완만한 비탈에 수많은 쥐들이 늘어서 있었는데 그 뒤로도 수도 없이 많은 쥐들이 줄지어 앉아 있었다. 저마다 크기와 모양이 다르고 털빛도 갈색에서 회색, 검은색에 이르기까지 가지각색이었는데 모두 해서 백만은 넘을 것 같았다. 갈색 쥐들은 주로 맨 뒤쪽 제일 높은 언덕배기에 모여 앉아 있었다. 그래서 몬터규도 방금 알게 된 나이 든 쥐 부부와 함께 그쪽에 쭈그리고 앉았다. 할아버지 쥐가 절뚝거리고 걷는 바람에 조금 늦게 도착했는지 벌써 사회자 쥐가 찌그러진 맥주 깡통 앞에 서서 첫 연설자를 소개하고 있었다. 첫 연설자는 재무 장관이었다. 재무 장관은 맥주 깡통 앞자리를 이어받더니 '부두 임대료'에 대

해서 짧지만 감동적인 연설을 했다. 빗물받이 통을 채워야 할 여름이 된 것이었다. 하지만 뭔가 예년과는 다른 일이 있는 모양이었다. 재무 장관은 다시 깡통 앞자리를 사회자에게 넘겨주었다.

사회자는 재무 장관에게 인사를 하고 나서 청중을 향해 말했다.

"이제 새로 발생한 문제를 쉽게 설명해 드릴 오늘 회의의 본 연설자를 여러분에게 소개하게 되어 크나큰 영광으로 생각합니다. 제가 굳이 말씀드리지 않아도 여러분은 이분에 대해 너무나 잘 알고 계실 겁니다. 이분은 우리 쥐들의 세계에 기여한 공로로 수많은 상을 받으신 훌륭하신 분입니다. 여기서 일일이 그 상의 이름을 말할 필요는 없을 것입니다. 그 정도로 여러분들은 이분을 잘 알고 계시니까요. 그럼 바로 소개하겠습니다. 우리들의 위대한 휴 모벌리랫 씨입니다!"

우레와 같은 박수 소리가 터져 나왔고, 모벌리랫 씨는 찌그러진 연단을 넘겨받으며 고개를 약간 숙여 답례했다. 고개를 숙일 때 머리털이 거의 없는 정수리 부분이 보였다. 모벌리랫 씨는 키가 자그마했는데 왼쪽으로 치우친 꼬리를 볼썽사납게 실룩거리고 있었다. 하지만 그의 째지는 듯 카랑카랑한 목소리는 모여 있는 쥐들을 사로잡고도 남았다. 모벌리랫 씨가 "친애하는 쥐 시민 여러분!" 하고 말문을 열었을 땐 청중 사이에 전율이 감돌았다.

모벌리랫 씨는 다시 한 번 시민들을 부르며 매우 엄숙한 어조로 말을 이어 갔다.

"친애하는 쥐 시민 여러분! 우리는 지금, 정말 안타깝게도, 쥐 역사상 가장 위험한 시대를 살아가고 있습니다. 에헴! 이런 말을 하게 되어서 정말 슬프지만, 우리의 영광스러운 역사를 통틀어 이보다 더 위태로운 지경에 처한 적은 없었습니다. 어떻게 그러냐고요? 왜 그런지 알고 싶다고요? 아주 간단합니다. 바로 잔인하고 어마어마하게 많은 쥐약 때문입니다. 누가 했냐고요? 바로 우리들의 동반자, 인간들이죠."

인간이란 말이 나오자 군중들 사이에서 야유 소리가 쏟아져 나왔다.

모벌리랫 씨는 연설을 계속했다.

"여러분도 많이들 들으셨겠지만, 요 며칠 동안 죄 없는 쥐들이 끔찍한 죽임을 당했습니다. 다시 말해, 돌아오지 못할 강을 건넌 것이죠. 이러한 무서운 현실을 모르는 쥐들이 있어서는 안 됩니다. 모두들 상황을 제대로 알고 있어야 합니다. 더 많은 희생이 바로 저만치에서 우리에게 다가오고 있습니다. 인간들의 수법은 입에 담기도 어려울 정도로 악랄해졌습니다. 과일이나 채소에 독약을 넣어서 마치 선심을 베푸는 양 우리들의 문 앞에 던져 놓고 있습니다. 가증스럽게도 친절의 가면을 쓰고 바로 우리 코앞에 독약을 들이미는 것입니다. 인간들의 수법은 더욱더 잔인해질 것입니다. 왜 이렇게 되었냐고요? 당연히 그런 생각이 들 겁니다. 우리가 어떻게 해야 하느냐고요? 친애하는 쥐 시민 여러분, 오늘 우리는 바로 그런 의문에 대한 해답을 얻기 위해 이 자리에 모인 것입니다."

몬터규는 좀 전에 이자벨의 집 앞에 던져졌던 과일과 채소를 떠올리며 몸서리를 쳤다. 그때 군중 사이에서 째지는 듯한 목소리가 여기저기서 들려왔다.

"무슨 실마리라도 있소?"

모벌리랫 씨는 침울한 목소리로 대답했다.

"없습니다. 단 한 가지도. 우리가 아는 것이라곤 아직까지 부두 주인이 보이지 않는다는 것뿐입니다. 정말 이상하게도 올여름엔 그를 본 쥐가 아무도 없습니다. 보통 이맘때쯤이면 빗물받이 통을 점검하러 이곳에 들렀는데 말입니다. 우리가 돈을 낼 수 있도록 통을 깨끗이 비워 놓으러 오는 것이죠. 하지만 올여름엔 웬 젊은이 하나가 이곳저곳을 들쑤시고 다니고 있습니다. 어쩌면 부두 주인이 너무 늙어서 직접 오지 못했을 수도 있습니다. 세월이 꽤 흘렀으니까요. 이것이 우리가 알고 있는 유일한 실마리입니다. 여러분에게 더 명확하게 설명해 드리고 싶습니다만, 마술 모자라도 있어서 모자 안에서 저 끔찍한 독약의 원인을 끄집어낼 수 있었으면 좋겠습니다만, 안타깝게도 쥐들은 모자가 없습니다. 슬프게도 저는 그저 장관일 뿐입니다. 마술사가 아니란 말이지요."

쥐들은 걱정스러운 얼굴로 서로를 쳐다보는데, 몬터규는 고개를 들 수가 없었다. 속이 메스꺼웠다. 어떻게 나만 아무것도 모르고 있었을까? 이렇게 중대한 일이 일어나고 있는데, 독약이나 부두 주인에 대해서 어느 것 하나라도 들어 본 적이 없다니! 왜 그랬을까? 바로 그 멍청한 조개껍데기에 그림이나 그리느라고, 또 엄마가 모자를 만들 깃털이나 모으느라고. 쥐들은 모자를 쓰지도 않는다는데! 하늘이 무너질 듯한 이런 큰 문제를 놔두고 하찮은 것에만 신경을 쓰고 있었다니! 몬터규는 태어나서 처음으로 자기가 좁은 세계에 갇혀 어리석고 처량하게 살아왔다는 생각이 들었다.

그때 갑자기 뜻밖의 일이 일어났다. 엄숙하게 가라앉은 분위기를 뚫고 킬킬거리는 웃음소리가 군중들 사이에서 새어 나오고 있었던 것이다. 몬터규는 고개를 들었다. 지저분한 늙은 쥐 하나가 앞줄을 헤집고 긴 의자 옆에 있는 종이 상자 쪽으로 나가고 있었다. 그 뒤로는 누런 눈의 초라한 장사꾼 쥐가 공깃돌 주머니를 등에 짊어지고 비탈을 내려왔다. 몬터규는 이 장사꾼 쥐가 센트럴 파크를 여기저기 기웃거리고 다니는 걸 몇 번 본 적이 있었다. 그러나 지금 몬터규의 눈길을 사로잡은 건 바로 장사꾼 쥐 앞에서 걸어가고 있는 쥐였다. 지저분한 것만 빼고는 몬터규의 아버지와 너무나 닮은 쥐였다.

그 쥐가 숨을 헐떡거리며 종이 상자를 딛고서 의자 위로 올라 가자 청중들은 더 큰 소리로 웃어 댔다. 지저분한 쥐는 비틀거리 며 의자 위를 걸어가더니 당황한 모벌리랫 씨로부터 맥주 깡통 을 넘겨받았다. 마침내 웃음소리와 야유가 가라앉자 그 쥐는 목 청을 가다듬었다. 하지만 목소리가 잘 나오지 않는 모양이었다. 그 쥐는 맥주 깡통에 코를 박고 킁킁거리더니 두 앞발로 깡통을 잡고 뒤집어 보았다. 맥주는 한 방울도 남아 있지 않았다. 장사 꾼 쥐가 쭈뼛거리며 지저분한 쥐 옆으로 다가갔다. 지저분한 쥐 는 맥주 깡통을 내려놓고는 장사꾼 쥐의 꾸러미를 뒤져서 안약 병을 꺼내더니 병을 열고는 황금빛 액체를 입에 넣었다.

마침내 지저분한 쥐가 말문을 열었다.

"저기, 음, 이런 식으로 끼어들어서 미안하지만, 나도 2센트를 내는 시민이기도 하고, 또 내가 아는 인간이 있는데 그 사람이 하는 말을 듣게 되어서……."

군중들이 야유를 퍼부었다. 인간을 안다는 말이 나와서이기도 했고, 그 지저분한 쥐의 목소리가 너무나 형편없었기 때문이기 도 했다. 모벌리랫 씨의 째지는 듯한 인상적인 목소리에 비하면

턱없이 초라한 목소리였다. 몬터규는 쥐들의 야유 소리에 그 쥐
에 대해 잠시나마 일었던 관심이 사그라지는 걸 느꼈다.

　　다시 야유가 가라앉자 지저분한 쥐가 말을 이었다.

　　"난, 내가 꼭 이 말을 해야 할 것 같아서 나왔다, 뭐 그런 얘
기죠. 사실은 지난 월요일에 우연히 미술관 주인이 전화로 이렇
게 말하는 걸 듣게 되었어요. '빈민 소굴 같은 부두를 끝장낸다
고들 하더군.' 하는 걸 말이지요."

　　갑자기 군중 속에서 쥐 하나가 소리쳤다.

　　"빈민 소굴이라고? 누가 그딴 소리를 한단 말이오?"

　　그러자 다른 쥐가 또 소리를 질렀다.

"부두 주인이오? 당신이 부두 주인과 아는 사이란 말이오?"

지저분한 쥐가 대답했다.

"부두 주인이 아니라 미술관 주인요. 어쨌든 미술관 주인은 자기 아내와 통화하고 있었어요. 그리고 나는 그 부두에 살고 있지 않았으면 좋겠다고 그러더군요. 참 고맙게도 말이죠. 미술관 주인이 알기로는 늙은 부두 주인이 죽어서 이제 그 조카가 부두를 팔아 치울 거래요. 주차장이 들어설 거라나? 뭐 그러더군요. 사실 저는 센트럴 파크 동물원 지하에서 아주 평화롭게 살고 있습니다만, 여러분들은 이 부두를 무척이나 아끼는 것 같으니까, 그래서 내가 이렇게…… 뭐 그런 얘기죠."

그러자 쥐들이 대들듯이 소리를 질렀다.

"빈민 소굴이라니! 저 지저분한 꼬락서니를 해 가지고, 도대체 넌 누구야?"

다른 쥐들도 성난 목소리로 악을 썼다.

"인간을 안다고?"

지저분한 쥐가 딸꾹질을 하며 변명하듯이 말했다.

"그 사람은 사업상 아는 사람일 뿐이에요. 정말이에요. 그 얘기를 하자면 길어지니까, 지금은 그냥 간단히 얘기하죠. 나는 그 사람을 위해 보석 장식을 해 주고 있어요. 말하자면, 반지를 장식하는 일이다, 뭐 그런 얘기죠."

69

몬터규 옆에서 얘기를 듣고 있던 할아버지 쥐가 놀라서 기어 들어 가는 소리로 말했다.

"일을 한다고? 앞발로!"

옆에 있던 할머니 쥐는 씩씩거리며 남편의 말을 따라 했다.

"일을 한다고? 앞발로!"

할아버지 쥐가 다시 말했다.

"저이도 부두에 사는 쥐가 틀림없어. 섣부른 변명을 대긴 했지만 말이야. 술에 취한 게 틀림없구먼."

그러자 할머니 쥐가 날카로운 목소리로 대꾸했다.

"저 쥐는 몬터규 매드랫이 틀림없어욧! 5센트 걸고 말할 수 있다고요."

남편이 물었다.

"그 쥐가 누군데?"

그러자 할머니 쥐가 짜증을 내며 대답했다.

"맙소사! 한 번도 들어 본 적이 없단 말예요? 그 악명 높기로 유명한 몬터규 매드랫을요! 이 젊은이도 그 소문은 들어 봤을 거요. 안 그러우?"

몬터규는 아무런 대답도 못하고 쥐들이 점령한 비탈과 의자 위를 멍하니 바라보고 있었다. 야유와 비난의 소리가 점점 더 커지자 옆에 있던 장사꾼 쥐는 의자 뒤로 뛰어내리더니 어둠 속으로 사라졌다. 아직도 할 말이 남았는지 그 지저분한 쥐는 목소리를 가다듬느라 애쓰다가 다시 안약 병을 찾는 것 같았다. 그 지저분한 쥐는 두말할 것도 없이 몬터규의 삼촌 무니였다. 장사꾼 쥐와 꾸러미가 없어진 것을 알아차린 무니 삼촌은 어깨를 한 번 으쓱하더니 종이 상자로 내려왔다. 무니 삼촌은 종이 상자에서 잠시 숨을 돌리더니 땅으로 내려와 비틀거리며 밤의 어둠 속으로 사라졌다.

그러는 동안 모벌리랫 씨와 사회자는 깡통을 고쳐 세웠다.

곧 모벌리랫 씨의 쩌렁쩌렁한 목소리가 소란을 잠재웠다.

"친애하는 시민 여러분!"

고상한 모벌리랫 씨는 잠시 뜸을 들인 뒤 말을 이었다.

"우리는 인간들을 좋아할 필요가 없습니다. 인간들을 생명을 가진 존재로서 존중해 줄 필요도 없을 것이고요. 그러나 인간을 무시할 수는 없습니다. 인간들은 너무나 거대하기 때문이죠. 우리의 역사상 멸망의 위협을 받았던 적이 단 한 번 있었습니다. 바로 초록색 저주가 설치던 시절이었죠. 그때 우리는 대학살의 위기에 직면해 있었습니다. 우리가 어떻게 그때 부두 주인을 이길 수 있었습니까? 어떻게 우리가 그 지독한 시절에 부두 주인의 마음을 돌릴 수 있었습니까? 바로 동전이었습니다, 여러분. 돈이란 말입니다. 인간들이 이해하는 언어는 바로 돈입니다. 그렇다면 우리가 그 젊은 부두 주인을 무엇으로 이길 수 있겠습니까?"

그때 군중들 사이에서 몇몇이 작은 소리로 중얼거리는 소리가 들렸다.

"돈인가요?"

모벌리랫 씨는 곧바로 맞받아쳤다.

"맞습니다! 바로 그겁니다! 늙은 부두 주인의 조카니까 빗물받이 통에 대해서는 잘 알고 있을 겁니다. 우리는 거기에 더 많은 돈을 넣을 수밖에 없습니다. 더 많은 동전을, 두 배로 말이지요."

쥐들은 너무 당황하여 숨을 삼켰다.

모벌리랫 씨는 계속 소리 높여 외쳤다.

"다른 방법이 있습니까? 다른 뾰족한 수가 있습니까? 이번 일을 우리가 극복해야 하는 역경으로 받아들입시다. 훌륭한 우리 시민 모두가 나서서 더 열심히 길거리를 돌아다니며 돈을 모아 우리의 의무를 다하도록 합시다. '부. 임. 인.' 바로 '부두 임대료 인상' 밖엔 도리가 없습니다. 여러분, 이제 다시 한 번 간단하게 말하겠습니다. 시간이 별로 없다고 말입니다. 지금 이 순간부터 시간을 낭비하는 것은 단순히 시간을 버리는 것이 아니라 우리에게 주어진 마지막 기회를 포기하는 것입니다. 그러니 여러분, 지금 당장 오늘 밤 이 자리에서 우리가 10만 달러를 모을 수 있는지 확인해 봅시다. 여러분 손에 쥔 돈이 10센트가 안 된다면 5센트라도 내십시오. 5센트도 안 된다면 1센트짜리라도 좋습니다. 우리의 행복이 달려 있습니다. 우리가 소중히 여기는 모든 것들이 위태롭습니다. 알다시피 우리의 생명도……."

군중들은 투덜거리면서도 어쩔 수 없이 고개를 끄덕거렸다. 모여 있던 쥐들은 대부분 여닫이식 담배 상자나 그 비슷한 지갑을 들고 있었고, 몬터규와 함께 온 할머니 쥐도 겨드랑이에 접이식 성냥갑을 끼고 있었다. 할머니 쥐는 성냥갑을 열더니 성냥 밑에서 5센트짜리 동전을 자못 자랑스럽게 꺼내 놓았다.

할머니 쥐가 동전을 털에 닦으며 몬터규에게 물었다.

"젊은이는 돈이 없나?"

몬터규는 아무 말 없이 뒤로 돌았다. 그러자 몬터규의 등 뒤로 할아버지 쥐가 아이스캔디 막대기를 흔들며 위로했다.

"아이고, 이보게. 그렇다고 젊은이가 그렇게 코를 땅에 처박고 꼬리를 다리 사이에 넣으면 되나! 가난은 죄가 아니야."

하지만 몬터규는 너무 창피한 나머지 뒤를 돌아볼 용기도 나지 않았다. 몬터규가 창피한 건 가난 때문만은 아니었으니까.

6장 무니 삼촌과의 첫 만남

몬터규는 도망치듯 어둠 속을 뚫고 텅 비어 있는 금융구역의 골목길을 허둥지둥 뛰어갔다. 늘 머릿속을 맴돌았던 수수께끼가 마침내 풀렸다. 공원에서 만난 젊은 쥐들이 왜 자기를 보고 비웃었는지. 꼬리에 깃털을 감고 있지도 않았고 딸기로 볼을 부풀리고 있지도 않았는데도.

그건 바로 몬터규라는 이름 때문이었던 것이다. 몬터규 매드랫이라는 이름은 쥐의 세계에선 모르는 이가 없을 정도로 악명이 높았던 것이다. 왜 끔찍한 삼촌에 대해 좀 더 일찍 알지 못했을까? 게다가 앞발을 써서 뭔가를 만드는 건 불명예스러운 일이란 걸 왜 다른 쥐들이 말해 줄 때까지 모르고 있었을까? 앞발은 거리를 다니며 돈을 모으는 데 써야 한다는 사실을 왜 몰랐느냔 말이다! 몬터규는 인도 밑을 기어가며 열심히 동전을 찾았다. 그러나 전혀 관심이 없을 때는 공원에서 그렇게 자주 보이던 동전이 오늘은 단 한 개도 보이지 않았다. 결국 몬터규는 빗물받이 구멍으로 미끄러져 들어가 집으로 향했다. 구불구불한 하수구는 어제 내리친 폭풍으로 아직 축축했다. 몬터규의 걸음이 점점 느려지더니 잠시 뒤에는 아예 멈추어 버렸다. 몬터규는 쭈그리고 앉아 생각에 잠겼다.

뭐니 뭐니 해도 가장 끔찍한 사실은 이자벨에게 자기 이름을 말해 버린 일이었다.

'부모님들은 왜 하고많은 이름 중에서 그 지저분한 삼촌의 이름을 따서 내 이름을 지었을까? 이자벨에게 자기는 그 악명 높은 몬터규 매드랫과는 다른 쥐라고 설명했더라면 얼마나 좋았을까. 아니지, 아예 자기가 매드랫 가족이랑 상관없는 쥐였으면 얼마나 좋을까! 하지만 이자벨은 어제 이후로 나 같은 건 잊었을지도 몰라. 지금쯤은 공원 의자 아래 첫 번째 줄 귀빈석에 랜달 리즈랫과 나란히 앉아 저명하신 자기 아버지의 연설을 듣고 있겠지.'

몬터규가 이 생각 저 생각에 잠겨 있는데, 이상한 소리가 하수관을 타고 울려 내려왔다. 소리가 점점 가까워지자 몬터규는 그것이 쥐가 부르는 노랫소리라는 걸 알아챘다. 무척이나 아름다운 노래였다. 곧 몬터규는 노랫말도 알아들을 수 있었다.

해와 달 주위에 반지가 보이고
나무 안에서도 보인다네.
천사들이 만드는 반지도 있고
공장에서 만드는 반지도 있다네.

어떤 반지는 가슴에서 맴돈다네,
연인이나 친구에게서 받은 반지라면.
그러나 어떤 반지건 동그랗지.
시작도 없고, 끝도 없다네.

감미로운 그 노랫소리는 어느새 몬터규의 마음을 사로잡았다. 몬터규의 입가엔 저절로 미소가 감돌았다. 하지만 노래를 부르는 쥐가 모퉁이를 돌아 나오자 몬터규의 입가에서 웃음이 가셨다. 그 쥐는 다름 아닌 그 악명 높은 몬터규의 삼촌이었다.

지저분한 쥐는 몬터규를 보자 노래를 멈추었다. 그리고 몬터규에게 말을 걸었다.

"짤그랑 소리를 내며 여길 지나가는 장사꾼 쥐를 못 봤는가?"

몬터규는 두려움과 혐오 때문에 한 발짝 물러섰다.

그러자 몬터규의 삼촌이 어둠 속에서 눈을 깜빡이다가 가늘게 뜨며 말했다.

　"왜, 술 냄새가 나나? 그런데 말이야, 자네는 내가 아는 어떤 쥐하고 무척 닮았구먼. 누군지는 잘 생각나지 않지만. 자네 이름이 뭔가?"

　"이 세상에서 가장 형편없는 이름이에요!"

　몬터규는 쌀쌀맞게 대답하고는 꼬리를 돌려 황급히 하수구를 따라갔다.

　집에 돌아온 몬터규에게 저녁을 걸렀다고 야단치는 식구는 아무도 없었다. 몬터규가 왔는지 안 왔는지 아무도 관심을 두지 않았다. 숙모와 어린 동생들은 잠들어 있었고, 엄마는 **앞발**로 깃털

모자를 만드느라 정신이 없었으며, 아버지도 107번째 진흙 성을 쌓느라 여념이 없었다. 앞발로 말이다. 저녁이 남겨져 있었지만 몬터규는 쳐다보지도 않고 잠자리로 기어들어 갔다. 몬터규는 가족들로부터 벽을 쌓는 것처럼 꼬리를 기둥처럼 세워 이불로 천막을 만들었다. 오늘 몬터규에겐 가족들이 전혀 다르게 보였던 것이다.

7장 환영받지 못한 손님

자리에 누운 지 얼마 되지도 않아 몬터규는 잠이 들었고 꼬리는 힘없이 내려앉았다. 몬터규는 숙모가 들뜬 목소리로 엄마에게 불러 주는 노랫소리에 잠이 깼다.

항해를 떠나자, 항해를 떠나자,
물결이 넘실거리는 큰 바다로.
물감도 많이
모자도 많이
내가 돌아올 때까지!

이 노랫말은 엉터리였다. 엘리자베스 숙모의 바하마 여행은 길지 않을 예정이었으니까.

그래도 숙모는 한껏 들떠 있었다. 몬터규는 침대에서 나오자

마자 또 거울 앞에 서서 얼굴을 살폈다. 그러고 나서 엄마에게 한 바퀴 돌고 오겠다고 말했다.

매드랫 부인이 놀라서 말했다.

"맙소사! 한숨을 쉬질 않나, 거울을 들여다보질 않나. 어제는 저녁도 거르더니 이젠 아침도 안 먹을 작정이냐?"

몬터규가 대답했다.

"엄마, 난 지금 꼭 나가야 해요. 나가서 '부. 임. 인.' 에 기부할 돈을 찾을 거라고요."

"'부. 임. 인.' 이라고? 그게 도대체 뭐냐?"

"부두 임대료 인상을 줄여서 말하는 거예요."

"동서도 들었어? 지금 몬티가 돈을 찾으러 나서겠대!"

하지만 엘리자베스 숙모는 멋진 프랑스산 담뱃갑에 짐을 싸느라 다른 말은 귀에 들어오지도 않는 모양이었다. 몬터규는 얼굴을 찌푸렸다.

매드랫 부인이 물었다.

"너, 진짜로 그런 일을 할 작정은 아니지. 그렇지, 몬티?"

몬터규는 입을 꼭 다물었다. 사실 기부금 그 자체에 대한 생각은 밤새 어딘가로 슬그머니 도망쳐 버렸기 때문이었다. 그래도 돈을 찾아내면 그걸 구실로 휴 모벌리랫 씨를 방문할 수 있을 것이고, 그럼 어쩌면 이자벨을 잠깐이라도 만날 수 있을지도 모르는 일이었다. 몬터규가 다시 입을 열었다.

"엄마, 숭고한 목적이 있는 일이에요."

"하지만 몬티, 어딜 가서 돈을 찾는단 말이니?"

"길거리에서요. 다른 쥐들처럼 말이에요."

"하지만 얘야, 돈이란 믿을 만한 게 아니란다. 네가 숭고한 일에 뭔가를 기여하고 싶다면 뭔가 숭고한 것을 내야 하지 않겠니? 예를 들면⋯⋯."

엄마는 말을 하다 말고 벽에 걸려 있는 깃털모자로 눈길을 돌렸다. 이제까지 아무도 쓴 적이 없는 모자였다. 마치 몬터규 아버지의 진흙 성에 이제까지 그 누구도 산 적이 없는 것처럼. 엄마는 모자와 헤어지기 싫은 생각이 들었는지 얼른 눈길을 돌리고 말을 계속했다.

"그러니까 예를 들면 네 예쁜 조개껍데기 같은 거 말이다. 안 그래, 동서? 몬티의 조개껍데기는 정말 멋지지?"

숙모는 그제야 짐 꾸러미에서 눈을 떼고 대답했다.

"그럼요. 아, 난 이제 다시 바다에 있게 될 거야. 오 르브와!(프랑스의 작별 인사:옮긴이)"

몬터규는 침대 발치에 있는 성냥갑을 바라보며 잠시 생각에 잠겼다가 엄마에게 말했다.

"엄마, 정말 저게 돈보다 가치 있는 거라고 생각해요?"

엄마는 시원스레 대답했다.

"물론이지. 네 조개껍데기는 똑같은 그림도 없고 정말 깜짝 놀랄 정도로 멋지단다. 그런 면에서 네 조개껍데기들은 뭐라고 할까……."

엄마의 눈길이 다시 깃털 모자 쪽으로 돌아갔다. 그리고 말을 이었다.

"당연히 돈보다 훨씬 가치 있는 것이지. 돈은 동전이건 지폐건 다 하나같이 똑같게 생겼단다."

엄마 말을 듣고 보니 정말 그런 것 같았다. 몬터큐는 엄마를 한 번 꼭 껴안고 나서, 다음에 나가서는 깃털과 딸기를 두 배로 구해 오겠다고 약속했다.

엄마가 몬터큐에게 말했다.

"숙모는 이제 몇 시간 있으면 떠날 거야. 같이 배웅하러 가지 않을래?"

당연히 몬터큐는 배웅을 나가기로 했다. 그 사이에 몬터큐는 나비 그림에 몰두했다. 새로 주워 온 깃털의 끄트머리를 이빨로 갈아서 바늘처럼 날카로운 펜촉을 만들어 걸쭉한 물감에 담갔다. 엄마가 쓰다 남은 짙은 파란색 물감이었다. 조개껍데기 위에 걸쭉한 물감이 덩어리지지 않고 투명한 느낌이 나게 표현하려면 상상할 수 없을 정도로 아주 미세하게 점을 찍어서 그려야 했다.

그것도 한 번 찍은 점이 다 마르고 나서야 다음 점을 찍어야 했
다. 그래서 숙모가 몬터규의 아버지에게 "오 르브와!" 하고 큰
소리로 인사를 할 때쯤엔 겨우 나비 날개에 있는 눈동자 무늬를
아주 조금만 그렸을 뿐이었다.

깃털 붓을 치워 놓고 몬터규는 숙모의 담뱃갑을 등에 지고 엄
마와 숙모 뒤를 따라 연기가 자욱한 하수구를 빠져나갔다. 부두
에 이르자 숙모는 담뱃갑을 등에 지고 말뚝에 매어 놓은 팽팽한
밧줄을 따라 줄을 타듯이 걸어 올라갔다. 숙모가 한 발짝 내디딜
때마다 꼬리가 행복한 듯이 흔들렸고, 꼬리에 달려 있는 아름다

운 은빛 반지가 햇빛에 반짝거렸다. 마지막으로 "봉 브와야
즈!(프랑스 말로 '여행 잘 다녀오세요':옮긴이)"라고 외치고 나서 몬
터규는 엄마와 함께 하수구로 돌아왔다. 그러고 나서 조개껍데
기가 가득 들어 있는 성냥갑을 들고 곧바로 밖으로 나섰다.

　　몬터규가 62번 부두 창고에 이르자, 허리를 꼿꼿이 세운 문지
기 쥐가 처음엔 몬터규를 못 알아보는 것 같았다.

　　문지기 쥐가 몬터규가 들고 있는 성냥갑을 의심스러운 눈초리
로 바라보며 물었다.

　　"무슨 일로?"

　　"휴 모벌리랫 씨를 만나고 싶습니다."

　　"모벌리랫 씨를 만나고 싶다고요?"

　　"네, 그렇습니다."

"전에 한 번……, 혹시 자기가 누군지도 몰랐던 그 젊은이 아니오?"

몬터규가 선선히 대답했다.

"네, 맞아요."

문지기 쥐는 한껏 몸을 늘이며 자세를 고쳐 잡았다. 그래 봤자 더 커 보이지는 않았지만. 그러고는 못 미더운 표정으로 다시 말했다.

"모벌리랫 씨를 만날 약속이 돼 있는 거요?"

"아니요. 하지만 보다시피 '부. 임. 인.'을 기부하러 여기에 왔으니까요."

문지기 쥐는 다시 한 번 성냥갑을 쳐다보며 말했다.

"아아, 설마 그 상자 안에 가득……."

몬터규는 자못 엄숙하게 고개를 끄덕였다.

그러자 문지기 쥐는 갑자기 호들갑을 떨며 인사를 했다.

"어유! 제가 당신을 잡상인 취급 했군요! 어서 들어오세요, 선생님. 제가 안내해 드리겠습니다."

처음 왔을 때와는 태도가 정말 딴판이었다. 문지기 쥐는 몬터규를 안내하면서도 몇 발자국 뗄 때마다 흘끗흘끗 뒤돌아보며 연방 굽실거렸다. 마침내 창고 끝에 이르자 문지기 쥐는 11번 나무 상자를 가리켰다. 몬터규는 고맙다고 인사를 하고 문을 두드렸다.

곧 갈라진 틈 사이로 목에 파란 리본을 두른 아가씨가 나타났다. 아가씨는 상냥하게 웃으며 인사했다.

"안녕하세요!"

몬터규는 아무 말 없이 그 자리에 우뚝 서 있었다. 이자벨이 바로 코앞에서 자기에게 따뜻하게 미소 짓고 있다니, 이게 꿈은 아닐까? 더구나 호기심에 가득 차서 몬터규의 눈을 들여다보고 있는 이자벨의 구슬 같은 잿빛 눈동자는 몬터규가 기억하고 있던 것보다 훨씬 더 반짝거리고 아름다웠다.

이자벨이 성냥갑을 보고는 이렇게 말했다.

"배달이에요?"

몬터규는 간신히 목소리를 짜내어 말했다.

"'부. 임. 인.' 이에요."

"어머, 기부하러 오신 거군요! 어서 들어오세요. 아버지는 서재에 계세요."

몬터규는 이자벨을 따라 집 안으로 들어가 복도를 따라 걸었다. 몬터규네 하수구 집과는 달리 나무 상자 집은 방이 여러 개로 나누어져 있었다. 또, 몬터규의 하수구 집은 부모님이 직접 앞발로 만든 물건들이 가득한데, 나무 상자 집은 인간들이 만들어 낸 색다른 물건들로 채워져 있었다. 구석방에 놓여 있는 신기

한 햄 깡통 목욕통 같은 사치품에서부터 벽에 걸려 있는 기념우
표까지. 마치 딴 세상에 와 있는 기분이었다. 복도 바닥엔 병뚜
껑 속에 들어 있는 코르크가 깔려 있어서 소리 없이 사뿐사뿐 걸
을 수 있었다. 몬터규는 그 모든 걸 깊은 감동의 눈길로 넋을 놓
고 바라보았다.

마침내 복도 끝 문에 이르자 이자벨이 큰 소리로 말했다.

"아빠! 기부하러 오신 분이 계세요."

안에서 듣기 좋은 목소리가 들려왔다.

"안으로 모셔라!"

이자벨은 안으로 들어가라는 시늉을 해 보이고는 총총거리며
사라졌다. 몬터규는 그런 이자벨의 뒷모습을 눈으로 쫓았다. 이
자벨은 자기를 알아보지도 못하지 않은가! 그땐 볼에 딸기를 가
득 담고 있어서 몰라보는 걸까, 아니면 아예 자기 같은 건 잊어
버린 걸까?

안에서 이번엔 무뚝뚝한 소리가 들려왔다.

"들어와요, 어서."

몬터규는 고분고분 안으로 들어갔다. 서재의 벽이 껌 종이의
은박지로 도배되어 있는 바람에 몬터규는 그 화려함에 놀라 눈
을 깜빡거렸다. 모벌리랫 씨는 큼지막한 사전으로 만든 책상 뒤
에 앉아 있었는데 그 사전도 종이 테두리에 금박이 입혀 있었다.

모벌리랫 씨는 앞발을 내밀며 자리에서 일어났다.

"내 목소리가 좀 딱딱하게 들렸다면 미안하네. 어젯밤부터 숫자와 씨름을 하느라고 말이야. 난 휴 모벌리랫이라고 하네. 그냥 휴라고 부르게."

몬터규도 그 유명한 쥐와 악수를 나누며 말했다.

"저도 몬터규라고 불러 주십시오."

"몬터규라. 목소리가 아주 좋군. 단호해 보이고. 앉게나, 몬터규. 그리로 앉게."

모벌리랫 씨의 말대로 몬터규는 사전 옆에 놓여 있던 공단 바늘꽂이 의자에 앉았다. 성냥갑은 무릎 위에 올려놓았다.

모벌리랫 씨가 말했다.

"자네도 어제 쥐 총회에 참석했는가?"

"네, 참석했습니다. 선생님의 호소 어린 연설 덕분에 모든 청중들이 우리의 어려운 문제에 대해 마음을 열었던 것 같습니다."

"음, 고맙네, 몬터규. 고마워. 정말 예의 바르고 사려 깊은 청년이구먼. 난 그저 내 연설로 시민들이 지갑을 좀 더 열어 주었으면 하고 바랄 뿐이지."

"네?"

"돈 말일세. 이 장부 좀 보게나. 절망적이야. 정말 실망스러워. 그렇게 많은 수가 모였는데, 겨우 예년만큼밖에 못 모으다니. 그것도 간신히 5만 달러였다네. 하나 앞에 10센트씩은 더 모았어야 했는데. 시간이 문제야. 지금은 시간이 가장 중요하네. 부두 주인 조카가 내년 여름까지 일 년만 더 시간을 준다면야 두 배로 모으는 일은 식은 죽 먹기지. 하지만 우린 올여름에 예년의 두 배가 필요해! 지금 당장! 그래도 이렇게 기부금을 더 내러 찾아와 주다니 정말 반갑구먼."

몬터규는 그 말에 얼굴을 붉히며 말했다.

"저, 사실은 어제 저는 한 푼도 못 냈습니다."

"그래?"

모벌리랫 씨는 몬터규의 성냥갑을 바라보며 웃음을 띤 채 말을 이었다.

"그럼 오늘은 진짜로 돈을 갖고 온 게로구먼, 몬터규. 그 안에 동전이 들었나?"

"아닙니다. 그것보다 더 좋은 것이 들었습니다."

모벌리랫 씨는 째지는 듯한 목소리로 탄성을 내질렀다.

"더 좋은 것이라고! 돈보다 더 좋은 것이라고! 세상에, 도대체 그게 뭔가?"

몬터규가 성냥갑을 열자 모벌리랫 씨는 성냥갑 안의 물건을 자세히 보려고 몸을 사전 앞으로 바짝 기대고 목을 쭉 뺐다.

몬터규는 푸른 바탕에 치자 꽃을 그린 조개껍데기를 꺼내 책

위에 올려놓으며 수줍은 듯이 말했다.

"여기 하나 있습니다."

모벌리랫 씨가 눈을 껌뻑거리며 말했다.

"도대체 이게 뭔가?"

"조개껍데기 그림입니다, 장관님."

"조개껍데기라고? 바닷가에 있는 그 조개껍데기 말인가?"

모벌리랫 씨는 눈을 가늘게 뜨고 몬터규를 바라보더니 계속 말했다.

"이게 뭐야? 자네 술 먹고 왔나?"

"아닙니다, 장관님. 하지만 다른 것도 많이 있어요. 이게 맘에 안 드시면 다른 걸 보여 드릴게요. 모두 다른 그림이에요. 저희 엄마와 숙모 모두 아주 훌륭하다고 그랬어요."

"자네 엄마하고 숙모하고! 조개껍데기를!"

모벌리랫 씨의 꼬리가 왼쪽으로 돌아가더니 씰룩거리기 시작했다.

"도대체 자네는 누구기에……. 자네 이름이 뭐라고 했지?"

"몬터규입니다."

"성이 뭐냐고."

몬터규도 지금 상황에서는 성을 숨겨야 한다는 것쯤은 잘 알고 있었다. 그러나 몬터규는 다른 쥐들과 지내 본 경험이 없어서

거짓말엔 익숙하지 못했다. 몬터규는 그저 바보처럼 입을 꾹 다
문 채 잠시 앉아 있었다. 갑자기 높으신 양반의 입이 쩍 벌어졌
다. 이제는 너무 늦었다. 몬터규는 그제야 자기가 조개껍데기마
다 서명을 했다는 걸 기억해 냈다.

모벌리랫 씨는 놀라서 갈라진 목소리로 간신히 말했다.

"매드랫!"

높으신 양반은 펄쩍 뛰듯이 조개껍데기에서 앞발을 떼었다.
조개껍데기에 못 만질 거라도 묻어 있는 것처럼. 하지만 기겁을
하고 물러섰던 모벌리랫 씨의 얼굴이 서서히 누그러졌다. 그러
고는 천천히 고개를 끄덕거리며 미소를 지었다.

모벌리랫 씨는 인자하게 웃으며 자리에서 일어서더니 금박 입
힌 책을 돌아 나오며 말했다.

"몬터규 매드랫 군, 이렇게 찾아 주어서 영광이었네. 아주 끔
찍하게 고마워! 무척 즐거운 시간이었어."

모벌리랫 씨는 딸을 부르더니 몬터규를 은빛 벽지의 서재에서
나가도록 내몰았다. 곧 이자벨이 날아갈 듯이 걸으며 복도에 나
타났다.

모벌리랫 씨가 딸에게 말했다.

"이지, 매드랫 씨가 나가시게 안내해 드리려무나. 매드랫 군,
만나서 정말 반가웠소. 정말로 영광스럽고 기뻤네!"

모벌리랫 씨는 마지막으로 한 번 더 예의를 갖춰 웃어 보이고는, 뒤로 돌아 다시 장부 있는 데로 돌아가 버렸다. 몬터규는 어쩔 줄 몰라서 모벌리랫 씨가 사라진 곳만 쳐다보고 있었다.

이자벨이 몬터규를 빤히 쳐다보며 말했다.

"매드랫이라고요? 하지만 당신은 그…… 혹시 그…… 당신의 볼이 어떻게 된 거죠? 이번엔 딸기를 물고 있지 않나요?"

몬터규는 당황스러워하며 대답했다.

"네."

"당신 목소리요. 목소리도 바뀌었네. 훨씬 나아요. 그것도 딸기 때문이었나요?"

"그런 것 같아요."

어느덧 이자벨과 몬터규는 앞문에 서 있었다. 문을 나간 몬터규는 꼬리를 아직 집 밖으로 빼지 않은 채 뒤로 돌아섰다. 몬터규는 이자벨에게서 도저히 눈을 뗄 수가 없었다.

마침내 이자벨이 물었다.

"내 리본이 비뚤어지기라도 했어요?"

"아, 아뇨. 아주 예뻐요. 사실 리본을 맨 쥐는 본 적이 없긴 하지만."

이자벨이 웃으며 물었다.

"그럼 뭐예요?"

"어, 아무것도 아니에요. 저, 이름이 이자벨?"

"네. 제 이름이에요. 당신은 몬터규 맞죠? 안 그래도 궁금했는데, 한 가지 물어봐도 돼요? 진짜로 거기…… 하-수-구-에서 살아요?"

몬터규는 아까보다 더 당황하며 대답했다.

"네, 그래요."

"이런! 어젯밤 회의가 끝나고 모두들 그 얘기만 했어요. 어제 그…… 그…… 술 취한 쥐가 당신 아버지인가요?"

몬터규는 고개를 푹 숙이며 대답했다.

"삼촌이에요. 하지만 난 누군지 알지도 못해요."

"아, 네에."

몬터규가 눈을 들며 얘기했다.

"그렇지만…… 저, 이자벨?"

이자벨은 떨리는 듯한 목소리로 대꾸했다.

"왜요, 몬터규?"

"아, 아무것도 아니에요."

이자벨은 갑자기 까르르 웃음을 터뜨리며 말했다.

"당신, 당신도 당신 삼촌만큼이나 괴상하죠?"

이자벨은 귀가 빨개질 정도로 웃어 댔다. 몬터규는 말없이 뒤로 돌아 창고 문 쪽으로 걸었다. 얼마 안 가 자기 이름을 부르는 소리에 몬터규는 뒤를 돌아보았다.

이자벨이 아름다운 얼굴을 11번 나무 상자 밖으로 내밀고 물었다.

"상자 잊지 않았어요?"

그제야 몬터규는 성냥갑을 놓고 온 걸 깨달았다. 자기 앞발로 그린 조개껍데기 그림, 그 쓸모없는 것들로 가득 찬 성냥갑을.

몬터규가 대답했다.

"그냥 버리세요."

문지기 쥐의 깍듯한 인사도 무시한 채 몬터규는 황급히 62번 부두 창고를 나섰다. 지금 몬터규의 머릿속에는 누구의 눈에도 띄지 않게 사라지고 싶은 생각뿐이었다. 그저 사라지고 싶었다. 몬터규는 하수구로 뛰어들어 센트럴 파크로 향했다. 깃털이나 딸기를 모으다가 가끔 쉬는 비밀 장소로 가려는 것이었다.

엊그제 몰아친 폭풍 뒤로 계속되던 화창한 날씨 덕에 센트럴 파크는 떠들썩했다. 햇볕을 쬐며 놀거나 그늘에서 도토리를 까먹는 동물들도 활기가 넘쳤고 쉭쉭 바람을 일으키며 자전거나 롤러스케이트를 타는 인간들도 생기가 넘쳐흘렀다. 오직 몬터규만이 자기만의 은밀한 장소인 호숫가 월계수 아래에서 꼼짝도 않고 앉아 있었다. 몬터규는 그늘에 웅크리고 앉아서 잔물결이 출렁이는 호수를 바라보았다. 조개껍데기 그림 중에 이 풍경을 담

9 5

은 그림도 있었다. 정말 정성 들여 그린 그림이었는데. 몬터규는 호수에서 등을 돌렸다. 갑자기 두 앞발이 눈에 들어오자 몬터규는 조개껍데기 그림을 그린 그 앞발이 보기도 싫을 정도로 미워져서 몸 밑으로 찔러 넣어 감춰 버렸다. 오늘은 비도 오지 않아 털이 축축해질 일이 없는데도 몬터규의 털은 젖어 있었다. 너무 절망스러운 나머지 눈물이 코를 타고 흘렀던 것이다.

하지만 얼마 지나지 않아 몬터규는 얼굴에서 눈물을 닦아 냈다. 이자벨을 다시 만날 길이 있을 거야. 꼭 만나야 해. 몬터규는 센트럴 파크에서 수없이 많이 보았던 1센트, 10센트짜리 동전들을 생각해 보았다. 그때는 돈의 가치를 몰랐는데. 어쩔 때는 25센트짜리 동전이나 버스표도 봤는데. 몬터규는 공원을 돌아다니기로 했다. 그것만이 몬터규가 할 일이었다. 그래서 담뱃갑에 가득 동전을 모으면 다시 62번 부두 창고로 가리라.

몬터규는 호수 주위를 따라 빙 둘러 난 승마 길을 기어 다니다가 곧 1센트짜리 동전 하나를 찾아냈다. 동전은 석탄재가 깔린 경주로 바깥쪽에 반쯤 파묻혀 있었다. 몬터규는 힘겹게 동전을 빼내서 비밀 장소로 갖고 와서는 낙엽 아래에 숨겼다. 그리고 곧바로 다시 다른 동전을 찾아 나섰다. 이자벨과 이자벨이 살고 있는 부두 창고를 구해 내는 공상에 잠기며. 사실 혈기 왕성한 젊은 쥐가 한 시간 이상 풀이 죽어 있기는 어려운 법이니까.

8장 랜달 리즈랫의 방문

몬터규가 센트럴 파크를 헤매며 동전을 찾고 있는 동안, 나무 상자 11번 모벌리랫 씨 집에 또 다른 손님이 찾아왔다. 바로 랜달 리즈랫, 같은 부두 창고 8번 나무 상자에서 유복한 가족과 함께 사는 젊은이였다. 랜달의 꼬리는 약간 야윈 편이었지만 그래도 얼굴은 잘생긴 젊은이였다. 랜달의 털은 엉킨 곳 없이 잘 다듬어져 있었고 몸에선 늘 좋은 냄새가 풍겼다. 일 년 전에 랜달은 장사꾼 쥐에게서 인간들의 향수 견본 상품을 샀다. 그 향수는 장사꾼 쥐가 우편배달부 가방에서 슬쩍 훔친 것이었다. 그 뒤로 랜달은 향수를 귀 뒤쪽에 조금씩 바르고 다녔다.

랜달은 나이에 비해 하품을 자주 하는 쥐였다. 또, 랜달은 다른 쥐들이 너무 빈틈이 없어도, 너무 흥분을 잘해도, 또 너무 감정이 풍부해도 깔보는 쥐였다. 그런데 오늘따라 랜달은 너무 들떠서 이자벨이 문을 열어 주었을 땐 절로 새어 나오는 바보 같

은 웃음을 참느라 애를 먹었다. 랜달은 가까스로 목소리를 가라
앉혀 이자벨의 리본이 예쁘다며 의례적인 인사치레를 했다.

　보통 때 같았으면 랜달은 바람에 흐트러진 털을 빗으려고 칫
솔을 들고 있었을 텐데 오늘은 칫솔 대신에 향수가 들어 있던 상
자를 들고 있었다. 이자벨과 함께 거실로 들어선 랜달은 향수 상
자를 열고 푸른빛이 나는 종이를 꺼냈다.

　랜달은 탁자로 쓰는 잡지 더미 위에 짐짓 아무렇게나 푸른 종
이를 던지면서 말했다.

"오늘 아침에 이걸 발견했어요."

이자벨은 종이를 펴면서 외쳤다.

"1달러잖아!"

이자벨이 감탄을 금치 못하며 말을 이었다.

"오, 랜달, 어디서 찾은 거예요?"

랜달은 하품을 참으며 대답했다.

"인간들 공사장에서요. 커다란 터널 입구 근처 공사장 말이에 요. 한 인부 주머니에서 떨어지는 걸 우연히 봤지요."

"세상에! 어떻게 가져왔어요?"

"물론 쉽지 않았지요. 아주 오랫동안 기다려야 했어요. 정말 따분했지요."

끝내 하품을 하고 만 랜달이 이어서 말했다.

"더 힘들었던 건 쓰레기 더미 뒤에 숨어 있어야 했던 거죠."

"어머나, 저런!"

"그리고 돌아오는 길에 부두 앞길에서 내 꼬리가 젖고 말았지 뭐예요. 정말 짜증 나. 사람들이 길거리에서 바닥에 뭔가를 뿌리 고 있더라고요."

"어머, 랜달. 감기에 걸리지 않아야 할 텐데."

랜달은 한숨을 내쉬며 말했다.

"그러게 말이에요. 어쨌든 우리 아버지는 집에 안 계시고, 당

신 아버지가 이 돈을 동전으로 바꿔 줄 것 같아서 이리로 왔어
요."

이자벨이 상냥하게 말했다.

"1달러씩이나? 한 번 여쭤 봐야겠네요."

이자벨은 랜달을 복도 끝으로 데리고 갔다. 은빛 서재 안에 금
박 입힌 사전 앞에 앉아 있는 이자벨의 아버지는 조금 전 방문
객 때문인지 기분이 언짢아 보였다. 하지만 1달러짜리 지폐를 보
더니 눈에 띄게 활기를 되찾은 눈치였다. 비록 동전이라는 게 반
짝거린다는 훌륭한 매력이 있는 데다 장사꾼 쥐들과 거래를 할
때는 꼭 필요한 교환수단이기는 하지만, 매년 부두 임대료를 관
리하는 모벌리랫 씨는 종이돈의 가치를 잘 알고 있었다. 모벌리
랫 씨는 책을 돌아 나와 랜달이 진귀한 지폐를 찾은 것을 진심
으로 축하해 주었다. 그러고 나서 사탕 상자를 열어 사탕보다 더
귀한 것들이 들어 있는 그 안에다 지폐를 고이 접어 넣고는 동
전을 꺼냈다. 25센트짜리 동전 두 개, 반짝거리는 10센트짜리 동
전 세 개, 5센트짜리 동전 네 개였다.

모벌리랫 씨가 랜달에게 물었다.

"이걸 다 들고 갈 수 있겠나? 너무 무겁지 않을까 모르겠구
면."

랜달이 자못 관대한 표정을 지으며 25센트짜리 동전 하나와

5센트짜리 동전 하나를 사전 위에 놓고 말했다.

"이걸 두고 가면 괜찮을 겁니다, 장관님. '부. 임. 인.' 입니다."

모벌리랫 씨가 감탄의 눈빛을 보내며 큰 소리로 말했다.

"30센트씩이나! 정말 통이 크구먼, 랜달. 아주 대범해. 사실 자네를 어리다고 생각하지는 않았네만, 자네, 정말 나이답지 않게 아주 성숙하네그려. 이제 완전한 어른이야."

랜달이 이자벨을 곁눈질하며 겸손하게 대답했다.

"저도 그렇게 생각합니다."

모벌리랫 씨는 랜달이 딸의 앞발을 잡았는데도 전혀 개의치 않은 듯 잇달아 찬사를 늘어놓았다.

"아주 미래가 촉망되는 젊은이야. 부자에다 재간도 많고. 자네 같은 젊은 쥐들이 더 많아야 하는데! 다른 젊은 쥐들이 자네 같기만 하다면 임대료를 두 배로 내는 것쯤은 식은 죽 먹기일 텐데 말이야. 그러면 이깟 위기쯤이야……."

이자벨이 아버지의 말을 자르며 갑자기 소리를 질렀다.

"랜달! 당신 꼬리 좀 봐요!"

랜달은 잡고 있던 이자벨의 앞발을 떨어뜨리고 여윈 꼬리를 들어 보았다. 그러고는 독을 품은 뱀이라도 되는 것처럼 꼬리를 털썩 떨어뜨렸다. 랜달의 귀가 창백해졌다.

랜달은 떨리는 목소리로 간신히 말했다.

"이, 이게 뭐야?"

모벌리랫 씨가 얼른 옆으로 다가가서 꼬리를 찬찬히 들여다보다가 초록색 반점을 찾아내고는 랜달에게 물었다.

"독약 근처에 갔었나?"

랜달은 "독약이라고요!" 하고 꽥 소리를 지르며 비틀거리더니 뒤로 자빠졌다.

이자벨이 잡을 틈도 없었다. 랜달은 이자벨이 처음 보는 이상한 물건에 걸려 넘어지더니 조금 전에 다녀간 손님이 두고 간 성냥갑 옆에 나동그라졌다. 이상한 물건이란 바로 치자 꽃이 그려진 조개껍데기였다. 랜달의 비명 소리에 모벌리랫 부인까지 뛰어 들어왔다. 모벌리랫 부인은 랜달의 꼬리를 보자 깜짝 놀라 들고 있던 푸른 치즈 덩어리를 마루에 떨어뜨리며 찢어질 듯한 소리로 비명을 질렀다. 그러고는 의사를 부른다며 법석을 떨며 밖으로 뛰어나갔다.

랜달은 공포에 질린 눈으로 이자벨과 이자벨의 아버지를 올려다보며 모기만 한 소리로 말했다.

"인간들이 길바닥에 뭔가를 뿌리고 있었어요. 그게 독약이었나 봐요……. 날 죽일 거예요. 아직 꽃봉오리도 맺지 않은 나를."

모벌리랫 씨가 소리를 질렀다.

"거리에 약을 뿌리고 있었다고! 오, 세상에, 그럼 내일이면 부둣가에 약을 뿌릴 텐데. 이십사 시간만 있으면 바로 우리 코앞에 독약이 뿌려질 거라고!"

랜달이 쇳소리를 내며 비명을 질렀다.

"그게 뭐 그리 중요해요? 난 벌써 죽어 가고 있다고요!"

곧 모벌리랫 부인이 의사와 리즈랫 부인을 데리고 방으로 뛰어 들어왔다. 이어 랜달이 손님방으로 옮겨지고 의사가 독약이 묻은 꼬리에 찜질 약을 붙였다. 의사는 약국에서 빼낸 알약 조각을 랜달에게 먹이고는 다른 쥐들은 방에서 나가도록 했다.

사실 어떤 약을 어디에 쓰는지도 잘 알지 못하는 그 의사가 작은 소리로 쥐들에게 말했다.

"독이 더 퍼지지 않게 막아 줄지도 몰라요. 확실히는 모르겠지만. 운이 좋으면 잠을 자게 해 줄지도 모르고."

쥐들이 방을 다 나서기 전에 랜달의 목소리가 희미하게 들려왔다. 눈물이 그렁그렁해진 랜달의 엄마가 가장 먼저 그 소리를 듣고 달려갔다. 하지만 랜달의 목소리는 이자벨을 찾고 있었다.

이자벨은 조용히 손님방으로 갔다. 이자벨이 환자가 누워 있는 슬리퍼에 다가가자 랜달의 눈이 약하게 떨리며 열렸다.

"이지, 당신이 그 파란 리본을 매고 있는 모습은 얼마나 아름다운지 몰라요……. 당신의 털은 아주 곱게 반짝거리고 거기서 나는 거품 비누 냄새도 참 좋아요."

랜달은 이렇게 말하고는 코를 약하게 킁킁거렸다. 그리고 말을 계속했다.

"당신은 너무 아름다워요."

이자벨은 목이 메어 말했다.

"오, 랜달, 지금은 쉬어야 해요. 쉬면 곧 나아질 거예요."

"그럴까요? 이지, 내가 더 빨리 나을 수 있게 힘을 줘요. 내가 다시 깨어나면 나와 결혼해 줄래요?"

이자벨은 기쁨에 들뜬 목소리를 억누르며 소리쳤다.

"하지만 랜달, 난 아직 어린걸요!"

"그래도 나를 떠나지 않겠다고 약속해 줘요."

    이자벨은 이불 밖으로 나와 있는 랜달의 앞발을 잡으며 진지
하게 약속했다.

    "약속할게요. 당신이 날 원하기만 한다면요."

    랜달은 크게 하품을 하며 말했다.

    "고마워요, 이지. 당신은 정말 꿈 같은 여자예요……. 어쩌면
진짜 꿈일지도 몰라……."

    곧 랜달은 눈을 감고 깊은 잠에 빠져 들었다.

9장 무니 삼촌을 찾아서

이자벨의 집안은 온통 벌집을 쑤셔 놓은 것 같았다. 리즈랫 부인과 모벌리랫 부인은 랜달이 쓰러진 것 가지고 법석을 떨었다. 또 모벌리랫 씨는 인간이, 아니 틀림없이 부두 주인의 조카가 지금쯤이면 부둣가에 약을 뿌리고 있을 거라고 노발대발했다. 하지만 이자벨은 손님방에서 나와서는 조용히 자기 방으로 들어갔다. 이자벨은 벽에 기대 놓은 손거울 앞에 서서 몸을 이리저리 돌려 보며 꿈을 꾸듯 혼잣말을 했다.

"이지, 당신이 그 파란 리본을 매고 있는 모습은 얼마나 아름다운지 몰라요. 당신은 마치……."

갑작스레 아버지가 큰 소리로 외치는 바람에 이자벨은 공상에서 깨어났다. 아버지는 문지기 쥐를 찾고 있었다. 아버지의 쩌렁쩌렁한 목소리가 복도에 울렸다.

"긴급 각료회의를 소집해야겠어. 그리고 어서 내 서재 좀 치

우라고 해!"

이자벨은 거울 앞을 떠나 복도로 나갔다.

"아빠, 문지기 쥐가 하는 일이 너무 많아요. 게다가 너무 작잖아요. 아무리 허리를 쭉 펴고 있어도 말이에요. 서재는 제가 치워 드릴게요."

모벌리랫 씨는 적잖이 놀란 눈으로 딸을 쳐다보며 말했다.

"이지, 정말 사려가 깊구나. 그런데 어디 이상한 건 아니지? 혹시 독약 같은 게 묻은 건 아니냐?"

이자벨은 고개를 가로저으며 아버지보다 먼저 서재로 들어갔다. 그러고는 바닥에 떨어져 있는 조개껍데기를 성냥갑에 올린 다음 자기 방으로 가지고 갔다. 이자벨은 치자 꽃이 그려진 조개껍데기를 거울 옆에 세워 놓았다. 그 다음 놀랄 만한 일이 벌어졌다. 보통 때 같았으면 거울에 비친 자기 모습을 보느라 다른 건 거들떠보지도 않았을 텐데, 이자벨이 거울은 쳐다보지도 않고 조개껍데기에만 정신이 팔린 것이다.

잠시 뒤 이자벨은 조심스럽게 성냥갑을 열어 보았다. 이자벨은 성냥갑 안에 조개껍데기 그림들이 꽉 차 있는 것을 보고 입을 다물지 못했다. 조개껍데기 그림이 아홉 개나 더 들어 있었던 것이다. 참나무 잎사귀가 그려 있는 것도 있었고, 자줏빛 사프란 꽃이 그려 있는 것도 있었다. 또 공원의 호수 풍경도 있었다. 모두 하나같이 말할 수 없이 아름다웠다. 심지어 인간 아이가 연을 날리는 그림조차 아름다웠다. 이자벨은 조개껍데기를 벽에 빙 둘러 세워 놓았다. 그리고 방 한가운데에 앉아서 그림 하나하나를 천천히 음미하듯 살펴보았다. 너무나도 아름다운 그림 앞에서 아찔해진 이자벨이 몸을 비틀거렸다. 마치 어제 쥐 총회에서 봤던 술에 취한 매드랫 씨처럼.

이자벨의 머릿속에 어제 그 쥐가 했던 이야기가 번뜩 떠올랐다.

'인간과 무슨 거래를 한다고 했었는데. 그래, 반지를 장식해서 인간과 거래를 한다고 했어. 어떤 거래든 돈이 따르는 거 아니야? 그렇다면 반지에 돈을 내는 사람이면 이렇게 멋지고 훌륭한 그림에도 돈을 내지 않겠어?'

물론 이자벨은 인간과 거래를 한다는 걸 생각만 해도 소름이 쫙 끼쳤다. 그래도 많은 돈을 모을 수 있다는 생각은 자기가 영광스러운 '부.임.인.'의 영웅이 될 수 있다는 생각과 곧바로 이어졌다.

센트럴 파크 동물원 지하에서 살고 있다고 그랬지? 이자벨은 한껏 들떠서 조개껍데기 그림을 순식간에 성냥갑에 도로 넣었다. 이자벨은 리본을 새로 맨 다음 성냥갑을 들고 앞문으로 갔다.

이자벨은 현관에서 리즈랫 씨를 만나 인사를 했다.

"안녕하세요, 리즈랫 씨?"

복도로 나오던 모벌리랫 씨도 인사를 했다.

"어, 어서 오게, 클래런스. 어서 들어와. 그런데 이지, 넌 어딜 가는 게냐?"

"밖에요."

"안 되지, 안 돼, 아가씨. 사람들이 거리에 독약을 뿌려 대고 있는데 외출하면 안 된다. 그 부두 주인 조카가 저렇게 길거리에 약을 뿌리는 동안엔 한 발짝도 부두 밖으로 나가선 안 돼."

이자벨이 장난스럽게 대답했다.

"하수구로 가죠, 뭐."

그 소리에 자기 아들의 향수 냄새를 풍기며 서 있던 리즈랫 씨가 소리를 질렀다.

"하수구라고! 이자벨, 이런 마당에 웬 농담이냐!"

이자벨은 하는 수 없이 거실을 살펴보았다. 거실에선 엄마가 갖가지 치즈를 가져다가 리즈랫 부인을 위로하느라 애쓰고 있었다. 리즈랫 씨는 의식을 잃은 아들을 안타깝게 바라보다가 모벌리랫 씨와 함께 서재로 사라졌다. 이자벨은 그 틈을 타 성냥갑을 부엌으로 옮겨 놓은 뒤 뒷문으로 미끄러지듯 빠져나왔다.

문지기 쥐는 자리에 없었다. 아마도 독약이 뿌려지고 있다는 소문을 들었기 때문일 것이다. 해골 밑에 뼈 두 개를 십자로 포

개어 놓은 그림이 그려져 있는 탱크 트럭 한 대가 인도 옆에 서 있었다. 그 옆에는 얼굴이 바싹 마른 젊은 남자 하나가 트럭에 연결된 호스를 들고 도로에 뭔가를 뿌려 대고 있었다. 몬터규 덕분에 이자벨은 가까운 빗물받이를 통해 지하 하수구로 내려갈 수 있었다. 하지만 그것도 그리 만만한 일은 아니었다. 깨지기 쉬운 조개껍데기를 떨어뜨리면 모든 게 허사였으니까.

이자벨은 성냥갑을 들고 간신히 하수구로 내려갔지만 하수구 안은 매우 지저분했다. 지난 폭풍 때 흘러든 지하수는 이미 말랐

지만 진흙이 굳어서 바닥에 덕지덕지 붙어 있었다. 이자벨은 성 냥갑을 등에 지고 가느라 새로 맨 리본이 또 땅에 끌릴 것 같았 다.

이자벨이 투덜거렸다.

"이번 주에 벌써 두 개째 리본을 버리네."

이자벨의 방향 감각은 적어도 엄마에 비하면 꽤 좋은 편이었 다. 하지만 이자벨은 센트럴 파크 동물원에 가는 길에 몇 번이고 빗물받이 위로 고개를 빼고 길 표지판을 봐야 했다. 이자벨이 그 저께 빠졌던 콜럼버스 로터리의 빗물받이 위로 고개를 내밀었을 즈음엔 이자벨의 털은 볼썽사납게 이리저리로 뻗쳐 있었다. 혹 시 공원에서 아는 쥐와 마주칠까 봐 이자벨은 다시 아래로 내려 가 공원의 구불구불한 길 아래로 나 있는 굽은 하수관을 따라갔 다.

이자벨이 다음 빗물받이로 고개를 내밀었다. 그곳은 커다란 야외 우리의 한가운데였다. 이자벨의 코앞에 어마어마하게 큰 주 둥이가 보였다. 그 주둥이가 어찌나 크던지 털마저 없었다면 인 간인 줄 알고 까무러쳤을 것이다.

이자벨은 언제라도 밑으로 도망갈 준비를 한 채 목소리를 가 다듬어 덩치 큰 동물에게 말을 걸었다.

"실례합니다. 당신은 누구신가요?"

그 동물이 그르렁 소리를 내며 대답했다.

"그르르르레첸이야."

"그레첸?"

이자벨은 다시 한 번 물었다.

"그레첸이 다예요?"

"곰-글르르르레첸이야."

"아, 그래요. 고마워요."

이자벨은 동물원이 틀림없다고 생각하며 다시 지하로 내려갔
다. 이자벨은 콘크리트 하수구도 지나가고 금속 하수구도 지나
가면서 수많은 하수구를 살폈다. 마침내 이자벨의 코가 근처에
다른 쥐가 있다고 일러 주었다. 약간 녹슨 널따란 강철 하수구를

따라 내려가자 열기가 느껴지고 김이 자욱했다. 이미 더러워진
이자벨의 리본은 그 김 덕분에 아예 축 늘어져 버렸다. 이자벨이
김을 피하려고 막 뒤돌아서려고 할 때였다. 김을 뚫고 노랫소리
가 들려왔다.

새벽엔 아기 쥐들이
눈을 감은 채 찍찍거리지.
아침이 밝아 오면
젊은 마음은 꿈을 꾼다네.

저녁이 되면
금빛으로 물들지만.
달은 노래하지
은빛이 더 감미롭다고.

쥐들아! 잘 들어 두어라.
아직 무늬가 살아 있단다.
밤엔 어른들이
눈을 감은 채 찍찍거리지.

짧고 이상한 노래였지만 이자벨은 그 노래에 끌렸다. 이자벨은 어디서 나는 노랫소리인지 알아보려고 김이 솟고 있는 파이프 쪽으로 조금 더 내려갔다. 처음엔 사랑 타령인 줄 알았는데 알고 보니 일하며 부르는 노래였다. 노래 부르는 쥐는 파이프 쪽으로 허리를 굽힌 채 열심히 일하고 있었다. 바로 **앞발**을 써서! 그 쥐는 어제 이자벨의 아빠가 서 있던 연단을 차지했던 바로 그 지저분한 쥐였다. 어제는 좋은 연설과는 거리가 먼 목소리였는데, 지금은 노랫말을 부드럽게 어르는 것 같은 목소리였고, 그 덕분에 모습도 덜 초라해 보였다. 연기가 나는 파이프에서 족집게로 금반지를 끄집어낸 그 쥐는 바늘 한 개를 뽑아 들더니 금반지에 세밀한 그림을 새기기 시작했다. 그 쥐는 눈을 가늘게 뜬 채, 말랑말랑하고 따뜻한 금이 굳기 전에 재빠르고도 정확한 솜씨로 그림을 그렸다. 곧 반지는 나뭇잎과 꽃무더기들로 메워졌다.

이자벨은 금반지에 새겨진 꽃잎들이 엄마가 꽂아 놓은 꽃들보다 훨씬 더 아름다운 걸 보고는 자기도 모르게 탄성을 질렀다.

"정말 아름다워요!"

지저분한 쥐가 돌아서서 이자벨을 찬찬히 보더니 대답했다.

"자네도 아름답구면."

이자벨은 성냥갑 위에 앉아 털을 매만지며 말했다.

"아저씨가 몬터규 매드랫의 삼촌이시죠? 저는 이자벨 모벌리 랫이라고 해요."

이자벨은 별 생각 없이 이렇게 첫인사를 했지만, 무니 삼촌은 얼굴에 슬픈 기색을 감추지 못하고 대답했다.

"몬터규의 삼촌이라."

한참이 지나서야 무니 삼촌이 다시 입을 열었다.

"한 잔 들겠소? 이보게, 펨!"

눈이 노란 쥐 한 마리가 연기 속에서 슬금슬금 다가왔다. 앞발에는 민들레 술이 반쯤 들어 있는 안약 병이 들려 있었다. 무니 삼촌은 동업자라며 장사꾼 쥐 펨을 소개했다. 이자벨은 장사꾼 쥐의 약삭빠른 눈매도 맘에 들지 않았을뿐더러 그 쥐가 가져온 술도 달갑지 않았다.

장사꾼 쥐가 안약 병 뚜껑을 열면서 말했다.

"최고급 술입니다요, 선상님."

"아, 고맙네, 펨."

무니 삼촌의 꼬리가 활발하게 움직이는 걸 보니 장사꾼 쥐의 말에 무니 삼촌도 동의하는 모양이었다. 무니 삼촌의 지저분한 꼬리에 뭔가 은빛으로 빛나는 게 눈에 띄었다. 그것은 아까 본 금반지보다 훨씬 작은 반지였지만, 그보다 몇 배는 더 아름다운 장식이 새겨져 있었다.

이자벨은 너무 감탄스러운 나머지 그 반지에서 눈을 떼지 못했다.

"너무나 아름다워요! 거기에 새겨져 있는 게 뭔가요? 달이 변하는 모습인가요?"

"음. 그때는 눈도 더 날카롭고 앞발도 떨리지 않았는데. 이건 해와 달이오. 결혼반지지."

마찬가지로 은반지를 보고 있던 펨의 눈에 질투의 눈빛이 어렸다. 곧이어 펨의 눈길이 성냥갑에 쏠렸다.

펨이 물었다.

"텅 빈 것 같습죠?"

무니 삼촌이 대답했다. 펨이 가리키는 것이 성냥갑이라는 건 미처 알지 못하는 눈치였다.

"음. 펨, 왠지 텅 빈 느낌이 들곤 했지. 엘리자베스는 또 배를 타고 여행을 떠났을 거야. 안 보고도 그걸 느낄 수 있지."

펨이 누그러진 표정으로 말했다.

"아, 그렇겠죠, 선상님. 당연히 그렇겠죠. 그런데 저기 저 상자 말입니다요. 저것도 텅 빈 것 같습죠?"

"상자라고? 무슨 상자 말인가?"

"저 아가씨가 갖고 온 상자 말입니다요, 선상님."

이자벨이 자리에서 일어나며 무니 삼촌을 향해 말했다.

"이건 조개껍데기 그림이에요. 아저씨의 조카가 그린 건데 우리 집에 놓고 갔어요."

이자벨은 아름다운 무늬가 새겨진 금반지를 가리키며 물었다.

"아저씨가 만든 아름다운 작품들에 대해서 궁금한 게 있어요. 아저씨가 안다는 그 사람이 돈을 주나요?"

"조금 주지."

이자벨은 뛸 듯이 기뻐하며 소리를 질렀다.

"정말요! 그럼, 그 사람이 예쁜 반지를 좋아한다면 말이에요, 지금 독약이 마구 뿌려지고 있는데, 내…… 내, 그러니까 내 남자친구 랜달이 꼬리에 독약이 묻어서 지금 죽어 가고 있거든요……."

이자벨은 심각한 상황을 설명하면서도 '내 남자친구' 라는 말을 내뱉을 때는 짜릿한 기쁨을 느꼈다. 이자벨은 다시 말을 계속했다.

"그러니까 아저씨가 이 그림도 그 사람한테 팔아 돈을 받아서 부두 임대료 두 배 모으기 운동에 도움을 줄 수 있을까요?"

무늬 삼촌이 물었다.

"두 배 모으기 운동?"

"우리 아버지가 그러시는데, 임대료를 두 배로 내는 것만이 독약을 막을 수 있는 최선의 길이래요."

"아, 무슨 뜻인지 알겠소."

이자벨과 무니 삼촌이 이야기를 하는 동안 장사꾼 쥐는 조심스럽게 성냥갑을 열고 맨 위에 있던, 치자 꽃 그림을 꺼냈다.

장사꾼 쥐가 그림을 보며 말했다.

"멋진 상품이야. 정말 기술이 좋구먼."

장사꾼 쥐의 평가에 이자벨이 발끈해서 소리쳤다.

"기술이 좋다고요? 그건 기술이 아니라 예술이라고요!"

이자벨은 자기가 그렇게 화를 낸 것이 스스로도 놀랄 지경이었다. 눈을 가늘게 뜨고 그림을 살피던 무니 삼촌도 이자벨의 말에 동감한다는 듯이 말했다.

"진짜 매드랫 가문의 솜씨구먼."

무니 삼촌의 얼굴엔 자랑스러운 기색이 역력했다.

"어떻게 몬터규를 알게 되었소? 참, 이름이 뭐라고 했더라?"

"이자벨 모벌리랫이오."

"아, 모펄리랫. 모펄리랫 양, 뭔가 얻을 수 있을 것 같기는 한데 말이오. 이보게, 펨, 이걸 팔 수 있을까?"

이미 다른 조개껍데기 그림도 다 훑어 본 장사꾼 쥐가 대답했다.

"팔릴 것 같습니다요, 선상님. 조개껍데기가 좀 약한 게 흠이지만 그림은 대단히 훌륭합니다요."

"그러면 월요일에 반지랑 같이 가져가면 되겠구먼. 미술관 주인이 뭐라고 하는지 들어 보지, 뭐."

자기 이름을 이상하게 말해서 화가 나 있던 이자벨은 그것도 잊고 깜짝 놀라 소리쳤다.

"월요일이라고요! 하지만 월요일쯤엔 부두 전체에 독이 다 퍼져 있을 텐데요!"

"하지만 우리는 월요일에만 간다오. 한번은 화요일에 간 적이 있었는데, 미술관 주인만 있는 게 아니라 다른 사람들도 있어서 볼일을 못 보고 왔다오. 수요일에 간 적도 있었는데 그날도 마찬가지였지. 펨, 오늘이 무슨 요일이지?"

"목요일입죠, 선상님."

"음, 목요일에도 가 본 적이 있었지. 하지만 그날도 마땅한 날이 아니었어. 아는지 모르겠지만, 우리는 미술관 주인만 상대를 한다오."

이자벨은 계속 고집을 피웠다.

"하지만 꼭 오늘 가야만 해요!"

"모파리랫 양, 아주 흥분한 것 같구먼. 아가씨가 사랑하는 이가 아프니까 흥분할 만도 하지. 사랑이란 그런 거지."

"전 하나도 흥분하지 않았다고요!"

이자벨은 화가 나서 큰 소리를 질렀지만 자기가 그럴 처지가 아니라는 걸 깨달았다.

무니 삼촌이 말했다.

"그렇다면 크랜달이 불쌍해지는데."

"크랜달이 아니라 랜달이에요! 아저씨가 뭘 안다고 그렇게 말해요? 당신은……."

하마터면 '당신은 하수구에 살고, 더구나 앞발을 써서 뭘 만드는 더러운 늙은이 주제에.' 하고 말할 뻔했다. 그러나 꽃이 수놓인 금반지와 해와 달이 새겨진 은반지를 보고, 이자벨은 다음말을 그냥 삼켜 버렸다. 이자벨의 귀가 빨갛게 물들었다. 지금은 자기도 더러워진 리본을 매고 있는 데다 고르게 빗겨져 있었던 털도 엉망이 아닌가.

이자벨은 마음을 고쳐먹고 다시 설득 작전에 나섰다.

"하지만 잘 생각해 보세요. 아저씨는 유명해질 거예요. 아저씨와 몬터규는 이름이 같잖아요. 조개껍데기 그림으로 돈을 벌게 되면 몬터규라는 이름은 우리 쥐 세계에 널리 알려지게 될걸요."

무니 삼촌은 감격한 듯 "유명한 몬터규라." 하고 되풀이하면서 어젯밤에 하수구에서 만났던 젊은 쥐를 떠올렸다. 무척 낙담해 있던 그 젊은이는 자기 이름을 저주했었지. 나중에 깨달았지만 그 젊은이는, 진흙 성에 미쳐서 무니가 '진흙 쥐'라고 부르는 자기 형을 빼다 박은 것 같았다. 무니는 시내 한복판의 음산하고 어두운 하수구 어딘가에서 우울한 생각에 잠겨 있을 조카의 모습을 그려 보았다. 무니는 바로 그 순간 자기 조카가 엎드리면 코 닿을 데서 동전을 찾아 공원을 바삐 헤매 다니고 있는 줄은 꿈에도 생각하지 못했다. 사실 불과 오 분 전만 해도 몬터규는 바로 무니의 머리 위에 있는 원숭이 동산 앞에서 5센트짜리 동전을 주우려고 노점상의 수레 아래로 뛰어드는 무모한 짓을 했던 것이다.

무니 삼촌은 결정을 내렸다.

"오늘 가도 될 것 같군."

장사꾼 쥐가 냉큼 대꾸했다.

"저라면 안 갈 겁니다요, 선상님. 생쥐 같은 인간들을 당최 믿을 수가 있어야죠."

"그래도 우리는 해낼 수 있을 거야. 안 그런가, 펨?"

장사꾼 쥐는 하마터면 들고 있던 조개껍데기를 놓칠 뻔했다.

"우리라뇨! 저는 미술관 주인이 혼자 있을 때만 장사를 할 겁니다요."

이자벨이 눈꺼풀을 약간 떨면서 말했다.

"그래도 도와주긴 할 거죠!"

장사꾼 쥐가 뚝뚝하게 말했다.

"저는 안 간다니까요."

실망한 이자벨이 말했다.

"당신이 대단한 장사꾼이라고 생각하고 있었는데, 이제 보니 겨우 월요일에만 장사를 할 줄 아는 장사꾼이로군요."

장사꾼 쥐가 꽥 소리를 질렀다.

"뭐라고요! 난 매일 매일 장사를 할 줄 알아요! 밤에도 할 수 있다고요!"

이자벨은 조개껍데기를 성냥갑에 다시 집어넣으면서 말했다.

"저도 그런 줄 알았어요. 아저씨, 그냥 저랑 가요. 나들이처럼 재미있을 것 같아요."

장사꾼 쥐가 콧방귀를 뀌며 말했다.

"재미도 있겠네요. 아무리 그래도 난 여기서 꿈쩍도 않을 거라고요."

이자벨은 마지막 조개껍데기를 넣으면서 말했다.

"그렇게 하세요. 아저씨, 사람들이 뭘 줄까요? 지폐도 많이 주겠죠?"

무니 삼촌은 웃으며 대답했다.

"당연한 일이지."

"그럼, 가요. 잘 있어요, 장사꾼 아저씨. 만나서 반가웠어요."

10장 위험한 거래

　하지만 길을 떠난 지 얼마 되지 않아 이자벨과 무니 삼촌 뒤를 장사꾼 쥐가 헐레벌떡 쫓아왔다. 더구나 펨은 공깃돌 주머니를 메고 있으면서도 굳이 성냥갑도 들고 가겠다고 우겼다.

　지저분한 하수구 모퉁이에 이를 때마다 무니 삼촌은 펨의 꾸러미에서 안약 통을 꺼냈다. 무니 삼촌은 조금 전에 만든 금반지는 갖고 오지 않았으면서도 술 때문인지 반지 노래를 자꾸 불러 댔다.

　어떤 반지는 가슴에서 맴돈다네,
　연인이나 친구에게서 받은 반지라면.
　그러나 어떤 반지건 동그랗지.
　시작도 없고, 끝도 없다네.

장사꾼 쥐의 노란 눈만 번뜩일 뿐 하수구는 칠흑같이 캄캄했다. 마침내 약간 비탈진 하수관을 다 내려가서 낯선 곳에 이르렀다. 무니 삼촌은 그곳이 거대한 사원 같은 미술관의 지하실이라고 설명했다. 무니 삼촌이 숨이 찰 때마다 멈춰 서 술을 한 모금씩 마시는 바람에 깎아지른 듯한 계단을 올라 지하실을 빠져나가는 데만도 한 시간이 걸렸다. 계단 꼭대기에는 어마어마하게 큰 문이 꽉 닫힌 채 버티고 있었다. 펨이 먼저 꾸러미와 성냥갑을 문 아래 틈새로 밀어 넣고 자기도 그 틈으로 빠져나갔다. 나머지 둘도 펨을 따라 문 아래를 비집고 빠져나갔다. 문 바깥엔 왁스칠을 해서 반들반들한 마루가 깔린 복도가 넓게 펼쳐져 있었다. 펨이 짐을 다시 짊어지자 이자벨과 무니 삼촌은 펨을 따라 복도를 가로질러 반대쪽 벽 아래에 난 구멍으로 재빨리 달려갔다.

벽 안에 난 꼬불꼬불한 굴속에는 사람이 있을 턱이 없었지만 이자벨은 다른 일행과 바짝 붙어서 어둠 속을 걸었다. 무니 삼촌을 설득할 때만 해도 이번 나들이의 목적지를 대수롭지 않게 여겼는데. 이자벨은 한 번도 인간의 소굴에 들어와 본 적이 없었다. 이자벨은 자기가 얼마나 무모한 짓을 하고 있는지 생각하자 소름이 끼쳤다. 다행히 무니 삼촌이 잠시 숨을 돌리면서 반지 노래를 부르자 이자벨의 마음이 차분하게 가라앉았다. 신기한 일

1 2 5

이었다.

마침내 어슴푸레한 빛이 굴속을 비추었다. 반달 모양의 구멍이 또 하나 보였고, 구멍 바로 안쪽에는 은색 종이 하나 놓여 있었다. 펨이 짐을 내려놓자 무니 삼촌이 살짝 종을 흔들었다. 곧 이자벨은 깜짝 놀라 소리를 꽥 지르며 뒤로 물러섰다. 커다란 눈동자가 구멍에 나타났기 때문이었다. 인간이었다.

펨이 속삭였다.

"미술관 주인인갑쇼?"

무니 삼촌이 대답했다.

"목요일이라서 잘 모르겠군. 인간들은 다 비슷하게 생겨서 말이야."

커다란 눈동자가 사라지자 무니 삼촌이 성냥갑을 구멍 밖으로 밀어내려고 했다. 그러자 펨이 성냥갑에 달려들면서 꽉 잠긴 목소리로 외쳤다.

"한꺼번에 보여 주면 안 됩니다요! 한 번에 하나씩 보여 줘야지요."

장사꾼 쥐는 성냥갑을 열고 맨 위에 치자 꽃이 그려 있는 조개껍데기를 꺼냈다. 펨이 그 조개껍데기를 밖으로 내밀자마자 커다란 손가락이 그림을 채갔다. 터럭 하나 없는 통통하고 허연 손가락이었다. 이자벨은 머리끝에서 꼬리 끝까지 소름이 쫙 끼쳤다. 그런데 의외로 사람 목소리치고는 아주 부드럽고 듣기 좋은 목소리가 들려왔다.

그 목소리가 말했다.

"세상에, 이렇게 아름다울 수가!"

더 뒤쪽에서 약간 거친 목소리가 말했다.

"뭐라고요, 관장님?"

"아아, 창밖에서 들리는 새 소리가 아름답다고 말했네."

이번엔 날카롭고 가는 목소리가 들렸다.

"그거 단추예요, 관장님?"

"단추냐고, 슬림?"

마루를 울리는 발소리가 들렸다.

"제 겉옷에서 단추가 떨어졌거든요. 방금 주운 게 단추 아니었어요?"

"어, 아닐세. 이건 그냥……."

날카로운 목소리의 주인공이 외쳤다.

"조개껍데기잖아! 이봐, 맥. 이리 와서 관장님이 들고 있는 것 좀 보게!"

발소리가 들리고 맥이란 사람의 거친 목소리가 들렸다.

"그게 바닥에 떨어져 있었어요? 이게 도대체 어디서 났지?"

슬림이라는 사람이 바닥을 가리키며 외쳤다.

"쥐구멍이다!"

펨이 그 소리를 듣고 투덜거렸다.

"그래, 쥐구멍이다!"

다시 놀라서 휘둥그레진 인간의 눈이 구멍 앞에 나타났다.

슬림이라는 사람이 외쳤다.

"세상에! 안에 종이 들어 있네!"

맥이라는 사람이 말했다.

"종이라고? 관장님, 도대체 어떻게 된 일이에요?"

미술관 주인은 헛기침만 했다.

슬림이라는 사람이 말했다.

"관장님, 조개껍데기에 대해서 자세하게 설명해 주세요!"

맥이라는 사람이 말했다.

"와, 정말 대단한 솜씨다! 관장님, 벽을 뜯어 볼까요? 더 있을
지도 모르잖아요."

미술관 주인이 대답했다.

"그건 절대로 안 되네."

"하지만 관장님, 이게 어디서 났는지 알아봐야 되잖아요?"

미술관 주인은 한숨을 쉬며 말했다.

"이미 잘 알고 있네."

"그럼 누가 그린 건지 알고 있다는 말씀이세요?"

"사실은……."

미술관 주인은 한참 뜸을 들이더니 입을 열었다.

"내 생각엔 그 아름다운 반지를 만든 예술가가 그런 것 같네. 이 이야기는 내 아내 말고는 아무한테도 말한 적이 없네만. 조금 이해하기 힘든 일이라서 말이야. 하지만 자네들이 봤으니……. 비밀을 철저히 지키기로 약속할 수 있겠나?"

"하늘에 맹세합니다."

"도대체 어떤 사람입니까?"

미술관 주인은 헛기침을 한 번 더 하고 말했다.

"실은 사람이 아닐세. 그게, 저…… 쥐일세."

그 소리에 맥이라는 사람은 껄껄 웃었고, 슬림이라는 사람은 놀라서 침을 꿀꺽 삼켰다.

미술관 주인이 계속 설명했다.

"몇 년 전이었네. 어느 날 물품 목록을 조사하고 있는데 금반지 하나가 모자라더군. 마루나 어딘가에 떨어뜨린 모양이었어."

호기심에 가득 차 이야기에 귀를 기울이고 있는 이자벨을 툭 치며 무니 삼촌이 말했다.

"펨이 여기서 그 반지를 발견했다오. 펨은 내가 반지를 좋아하는 걸 잘 알고 있었지. 그래서 그 반지를 내게 보여 주었어. 그때가 처음이었지. 금반지를 갖고 일해 보기는. 정말 멋진 재료야.

금은 말랑말랑해서 아주 잘 새겨지거든."

미술관 주인이 계속 말했다.

"반지 생각은 곧 잊었지. 그러던 어느 날, 바로 이 구멍 옆에 반지가 떨어져 있는 거야. 그런데 아무 무늬도 없던 반지가 세상에 둘도 없이 멋진 반지로 바뀌어 있었다네. 백합 그림이 아름답게 새겨져 있었던 걸세!"

무니 삼촌이 이자벨에게 말했다.

"반지를 제자리에 갖다 놓자니까 펨은 죽기 살기로 반대했다오. 하지만 난 재료가 더 필요했어. 나에게 재료란 큰 의미가 있다오. 마치…… 내가 아는 어떤 이가 늘 말하는 수평선 같은 의미라고나 할까. 어쨌거나 그 뒤로 일이 잘 풀렸지. 그렇지 않나, 친구?"

펨이 고개를 끄덕이며 말했다.

"돈벌이가 됐습죠."

미술관 주인이 말했다.

"그 다음 월요일에 나는 미술관 문을 닫고 한 번 시험을 해 보기로 했네. 아무 장식이 없는 반지를 구멍 안으로 밀어 넣은 다음 일의 대가로 동전을 넣은 주머니도 같이 넣었지. 그렇게 해서 우리는 월요일마다 거래를 했다네. 그렇지만 생각해 보게나. 신문에 이런 기사를 낼 수 있겠나? '쥐에게 반지 장식을 맡기다!'

라고 말일세. 물론 모든 게 사실이지만 말이야. 그 쥐의 작품은 최고가 아닌가."

한참 동안 설명을 들은 뒤에야 미술관 직원들은 관장의 말을 이해하는 것 같았다. 직원들은 번갈아 가면서 구멍을 들여다보았고, 그럴 때마다 이자벨의 심장은 얼어붙는 것 같았다. 두 사람은 할 말을 잃은 것 같았다.

마침내 슬림이라는 사람이 말했다.

"이 그림은, 이 그림은 정말 걸작이에요. 플럼펑엄 부인은 이 그림에 수천 달러를 내놓을걸요. 박물관에서도 그럴 거고요."

미술관 주인이 들뜬 목소리로 말했다.

"이젠 그림을 그리기로 했나 봐. 이제까지 본 작품 중에서 가장 멋진 것 같아."

무니 삼촌이 껄껄거리며 말했다.

"가장 멋진 작품이라."

미술관 주인이 아쉬워하며 말했다.

"조개껍데기를 더 대주어야 할 텐데, 이 근처에선 구경도 할 수 없으니 안타까운 일이군. 답례로 뭘 주나? 아, 참 그렇지. 돈을 주면 되겠군."

20달러짜리 지폐가 구멍 안으로 쓱 들어오자 이자벨은 펄쩍 뛸 듯이 놀랐다. 이자벨은 태어나서 1달러짜리 지폐는 몇 번 본

적이 있었다. 5달러짜리 지폐는 딱 한 번 봤을 뿐이다. 그런데
20달러짜리 지폐라니. 하지만 무니 삼촌은 20달러를 냅다 밀어
냈다.

가느다란 목소리가 외쳤다.

"맙소사! 성에 차지 않나 봐요!"

곧 1백 달러짜리 지폐가 들어왔다. 무니 삼촌은 이번엔 돈을
꼬깃꼬깃 구겨서 공처럼 밖으로 차 버렸다.

미술관 주인의 목소리가 들렸다.

"잠깐 실례하겠네. 이층 금고에 갔다 와야겠어."

사무실의 문을 여닫는 소리가 났다.

무니 삼촌이 펨의 공깃돌 주머니를 비집어 열며 이자벨에게 물었다.

"멈블리랫 양, 당신네 부두를 구하고 우리 몬터규를 유명하게 하려면 얼마가 필요하다고 했소?"

이자벨은 너무나 들뜬 나머지 이제 자기 이름이야 어떻게 부르든 상관이 없었다. 이자벨이 속삭이듯 대답했다.

"아버지가 그러는데 5만 달러를 더 모아야 한대요."

무니 삼촌이 꾸러미에서 안약 병 네 개를 꺼내며 펨에게 물었다.

"펨, 성냥갑 안에 조개껍데기 그림이 몇 개나 있었지?"

"열 개였습죠, 선상님."

"열 개라. 그러면, 음…… 음……."

이미 계산을 끝낸 펨이 얼른 대답했다.

"한 개당 5천 달러입죠, 선상님."

무니 삼촌은 약병 세 개에 들어 있는 술을 조금씩 마시더니 네 병에 담긴 술의 높이가 제각기 다르게 만들어 놓았다.

"5천 달러라."

무니 삼촌은 술을 한 모금 마시고 말했다.

"꽉 차지 않은 숫자로군."

무니 삼촌은 또 한 모금을 마시고 말을 이었다.

"난 꽉 찬 걸 좋아하지."

무니 삼촌은 또 한 모금 마시고 말했다.

"동그라미처럼 꽉 찬 게 제일이야."

무니 삼촌은 펨의 꾸러미에서 동전 하나를 꺼내더니 약병들을 가볍게 두드리기 시작했다. 그 소리는 매우 감미로웠다. 그 소리에 흠뻑 취한 이자벨은 이런 매혹적인 음악을 제대로 듣지 못하는 두 인간이 불쌍하게 느껴졌다. 이런 음악에는 아랑곳없이 돈 얘기나 하면서 미술관 주인이 물러 터졌다고 흉을 보고 있다니.

사무실 문을 여닫는 소리가 또 들렸다.

미술관 주인이 말했다.

"급할 때 쓰려고 놔둔 비상금이지."

슬림이라는 사람이 가느다랗고 날카로운 소리를 지르며 말했다.

"천 달러짜리네요! 천 달러짜리 지폐는 처음 봤어요!"

맥이라는 사람이 투덜거렸다.

"천 달러를 준다고요, 관장님? 겨우 **쥐**한테요?"

이어 1천 달러짜리 지폐가 구멍 안으로 미끄러져 들어왔다. 무니 삼촌은 동전을 내려놓고 지폐를 도로 밖으로 내보냈다. 그리고 다시 약병을 두드리며 연주를 시작했다.

가느다란 목소리가 소리를 빽 질렀다.

"말도 안 돼!"

다음엔 1천 달러짜리 지폐가 다섯 장 들어왔다. 그러자 펨의 노란 눈동자가 반딧불처럼 이글거렸다.

펨이 두 앞발을 비비며 쉰 목소리로 말했다.

"됐습니다요. 5천 달러가 열 번이면 5만 달러라고요."

무니 삼촌은 생각에 잠긴 듯이 혼자 중얼거렸다.

"5천 달러, 5만 달러. 꽉 찬 숫자가 아니야."

펨이 얼른 말했다.

"하지만 선상님……"

너무 늦어 버렸다! 펨이 말리기도 전에 무니 삼촌은 동전을 내려놓고는 5천 달러를 도로 밖으로 내보낸 것이다.

이자벨이 따지듯 말했다.

"하지만 매드랫 씨!"

무니 삼촌은 다시 동전을 집어 들고 연주를 시작하며 이자벨에게 말했다.

"오, 그냥 무니 삼촌이라고 불러요."

밖에서 맥이라는 사람이 입에서 침을 튀기며 지껄였다.

"석 달 치 월급인데! 쥐 주제에 우리 눈앞에서 그 돈을 몽땅 물리다니! 돈을 뭐 하러 줍니까, 관장님? 조개껍데기 그림도 우리가 갖고 있는데요."

미술관 주인이 대답했다.

"우린 지금 거래를 하고 있는 걸세. 게다가 조개껍데기 그림이 더 있을지도 몰라. 자네 눈에는 이 그림이 초보자 솜씨 같은가?"

"그런 건 아닙니다만, 하지만 더 주지는 마세요! 그 액수는……."

"나도 얼만지는 잘 아네. 하지만 지난 몇 년 동안 반지로 번 돈이 얼마인지 생각해 보게. 게다가 플럼펌엄 부인은 내가 낸 돈의 두 배는 줄 거야."

1천 달러짜리 지폐 뭉치가 들어오자 이자벨은 어지러워 쓰러질 지경이었다. 무니 삼촌은 다시 동전을 내려놓고 돈 뭉치를 세며 중얼거렸다.

"3천…… 6천…… 9천 달러하고 5백 달러짜리 두 장이라."

무니 삼촌은 고개를 갸웃하며 말했다.

"이것도 꽉 찬 느낌이 아닌데."

그러자 펨이 자기 몸을 돈 다발에 내던지며 소리를 꽥 질렀다.

"선상님, 합해서 만 달러 맞습니다요!"

무니 삼촌이 고개를 끄덕이며 말했다.

"그래, 만 달러로군."

무니 삼촌이 다시 연주를 시작하며 펨에게 말했다.

"펨, 나머지도 주게나."

펨은 나머지 조개껍데기 그림 아홉 개를 한 번에 내주지 않았다. 펨은 한 번에 한 개씩 내보내며 그때마다 만 달러를 받아 냈다. 딱 한 번 미술관 주인이 직원을 은행에 보낼 때만 빼면 거래는 순순히 이루어졌다. 마지막 조개껍데기 그림은 인간 아이가 연을 날리고 있는 그림이었다.

마지막 돈을 낸 미술관 주인이 감탄하며 외쳤다.

"이봐, 맥! 슬림! 이 그림 좀 보게!"

날카로운 휘파람 소리에 이어 가느다란 목소리가 들렸다.

"이런 세상에! 기술만 좋은 게 아니라 높은 안목도 가졌군요! 진정한 예술입니다! 믿기지 않을 정도예요!"

미술관 주인이 생각에 잠긴 듯 말했다.

"음. 정말 대단해. 전부터 생각했던 거지만 쥐하고 예술은 통하는 데가 있다니까. 쥐(rat)하고 예술(art)하고 같은 철자를 쓴다는 게 무슨 깊은 뜻이 있는 것 같지 않나?"

그 소리에 무니 삼촌은 껄껄거리며 웃었다. 펨은 벌써 세 번째로 돈을 세고 있었다.

펨이 돈을 다 세고 나서 쉰 목소리로 물었다.

"선상님, 이 돈을 접어서 여기에 넣을갑쇼?"

무니 삼촌은 마지막으로 술이 꽉 차 있는 병을 친 다음 동전을 옆으로 던지며 대답했다.

"그러게나, 펨. 럼블리랫 양, 그 돈으로 몬터규가 다시는 자기 이름을 저주하지 않게 되었으면 좋겠소. 또 당신네 부두도 구하고 말이오."

이자벨은 고개를 끄덕거리며 펨이 땅에 떨어진 동전을 냉큼 주워서 자기 꾸러미에 집어넣고 지폐 뭉치를 밀어 넣는 것을 지켜보았다.

미술관 주인의 목소리가 들렸다.

"오늘은 정말 대단한 날이야. 당장 올라가서 금고에 잘 보관해 두어야겠어."

사무실 문이 또 열렸다 닫혔다.

지폐 뭉치가 꾸러미를 꽉 채운 것을 보고 무니 삼촌이 말했다.

"술병이 들어갈 자리가 없구면. 이렇게 좋은 술을 버리고 가야 하다니."

무니 삼촌은 병뚜껑을 열고 술을 한 모금 마셨다.

바깥에서 맥이라는 사람이 화난 목소리로 투덜거렸다.

"십만 달러라니! 슬림, 도대체 말이 된다고 생각하나?"

슬림이란 사람도 못마땅하다는 듯 말했다.

"5년 치 봉급을, 그것도 쥐에게 주다니! 더구나 세금 한 푼 없이!"

"슬림, 자네 여길 지키고 있게. 이 구멍이 어디로 나가게 되어 있나 보고 올 테니."

"내가 알아, 맥. 참, 약 놓는 사람이 두고 간 연기 나는 약이 지하실에 몇 개 있어. 돈을 뺏으면 나누는 거다!"

"반반씩!"

"좋아. 하지만 서둘러. 관장이 내려올지도 모르니까."

사람들의 대화를 못마땅하게 듣고 있던 이자벨이 물었다.

"무니 삼촌, 연기 나는 약이 뭐예요?"

무니 삼촌이 병뚜껑을 닫으면서 대답했다.

"나도 모르겠는데. 하지만 여길 빠져나가는 게 좋을 것 같구먼."

무니 삼촌은 꾸러미를 집어 올리더니 놀랍게도 이자벨의 등에 그 꾸러미를 얹어 주었다.

"러버리랫 양, 그리 무겁지는 않지?"

펨이 재빨리 나섰다.

"선상님, 제가 들겠습니다요. 부두 쥐에게 짐을 다 들게 하다니 안 될 말입죠. 더구나 아가씨 쥐인데."

무니 삼촌이 그저 어깨를 으쓱해 보이자 펨은 묵직한 꾸러미

140

를 냉큼 받아 자기 등에 졌다. 무니 삼촌은 아쉬운 눈길로 민들
레 술을 바라보다가 발걸음을 뗐다. 이자벨이 그 뒤를 따랐고 장
사꾼 쥐가 값진 짐을 메고 맨 뒤에서 따라갔다. 반대편 구멍에
다다르자 무니 삼촌이 고개를 밖으로 내밀었다. 하지만 무니 삼
촌은 고개를 곧바로 집어넣어야 했다. 빗자루가 무시무시한 소
리를 내며 달려들었기 때문이었다.

무니 삼촌이 말했다.

"되돌아가는 게 낫겠군. 사람들이 갈 때까지 기다려야겠어."

무니 삼촌은 이자벨과 펨을 이끌고 술병과 빈 성냥갑이 남아
있는 사무실 쪽 구멍으로 갔다. 무니 삼촌은 펨의 짐을 내린 뒤
짐에 기대어 누워서 홀짝홀짝 술을 마셨다.

무니 삼촌이 말했다.

"편하군, 이 종이돈 말이야. 버블리랫 양, 한 모금 들겠소? 내
가 보니 술기운이 조금 필요할 것 같구먼."

좀 필요한 정도가 아니었다. 이자벨은 꼬리 끝에서 주둥이 끝
까지 사시나무 떨듯 떨고 있었다. 발바닥에서는 끈적끈적한 게
잔뜩 배어 나왔다. 이자벨은 어처구니가 없다는 눈길로 무니 삼
촌을 바라보았다. 도대체 저 지저분한 쥐는 어떻게 저렇게 느긋
하게 술을 마실 수 있을까. 바로 조금 전에 하마터면 빗자루에
납작하게 눌려 버릴 뻔했는데도 말이다.

이자벨은 가까스로 떨리는 목소리를 쥐어 짜내서 말했다.

"저기요! 무니 삼촌, 저 사람들이 진짜로 갈까요? 이러다 영영 여기 갇혀 버리면 어떡해요?"

"조금 있으면 미술관 주인이 내려올 거야. 설사 안 내려온다고 해도 걱정할 것 없어요. 인간들은 잠을 아주 오래 자는 족속들이라오. 인간들은 매일 밤마다 몇 시간씩이나 꼬박꼬박 자거든. 마치 바위처럼 꿈쩍도 않는다오. 그렇지, 펨? 어쨌든 여기도 이만하면 그리 나쁘진 않구먼. 바람도 안 불고 비도 안 내리니 말이야."

무니 삼촌은 철학자처럼 이렇게 말을 하고는 눈을 반쯤 감고 다시 노래를 시작했다.

여기나 저기나 무슨 차이가 있겠는가,
가만히 있거나 나돌아 다니거나 무슨 대단한 차이겠어.
이러나저러나 다를 게 없지.
구멍 속에 갇혔거나 높은 곳에 올랐거나.

갑자기 구멍이 캄캄해졌다. 지독한 냄새가 이자벨의 코를 자극했고, 펨은 구역질을 해 댔다.

무니 삼촌이 말했다.

"허허, 이게 연기 나는 약인 게로군."

구멍을 막고 있는 게 뭔지는 몰라도 분명히 예사롭지 않은 연기를 뿜어 대고 있었다. 펨이 꽥꽥 소리를 지르며 도망치는 소리가 들렸지만 이자벨은 공포로 돌처럼 굳어 버려 꼼짝도 할 수 없었다. 숨도 못 쉬고 떨고 있는 이자벨의 등 뒤에 무니 삼촌이 꾸러미를 다시 메어 주는가 싶더니 무니 삼촌의 꼬리가 자기 목을 감는 게 느껴졌다. 무니 삼촌은 이자벨을 끌고 굴을 빠져나갔다.

다른 구멍에 가까이 갈수록 굴 안은 점점 밝아졌다. 펨이 구멍 바로 안쪽에 웅크리고 앉아 캑캑거리며 투덜대고 있었다.

"연기냐 빗자루냐, 연기냐 빗자루냐."

시간이 없었다. 퍼런 연기가 굴을 따라 바짝 다가오고 있었다. 그런 급박한 상황에도 이자벨의 머릿속에서는 여러 가지 의문이 떠나지 않았다. 어째서 지금은 무니 삼촌이 이렇게도 멀쩡하고 재빠르게 움직일 수 있을까? 숨 한 번 헐떡거리지도 않고. 또, 어째서 무니 삼촌은 이런 상황에 성가시게 빈 성냥갑을 등에 지고 있는 걸까?

무니 삼촌이 명령하듯 말했다.

"내가 나가거든 다섯까지 세게! 그런 다음 저기 보이는 문으로 있는 힘껏 달려가는 거야! 둘 다 알아들었나?"

이자벨과 펨은 동시에 고개를 끄덕거렸다. 곧 '빅 몬터규 매

드랫'이 둘에게 눈을 한 번 찡긋하더니 빈 성냥갑을 등에 지고 구멍 밖으로 내달렸다. 곧바로 빗자루가 바닥을 쾅쾅 내리쳤고 이자벨은 명령대로 숫자를 세기 시작했다.

펨이 쉰 목소리로 외쳤다.

"놓쳤다! 잘 간다. 놓쳤다! 놈들이 쫓아간다!"

연기 때문에 눈물을 흘리며 이자벨이 외쳤다.

"……넷, 다섯!"

이자벨과 펨이 동시에 구멍을 빠져나오느라 시간이 지체되었지만 다행히도 빗자루의 공격은 없었다. 왁스가 칠해진 바닥은 미끄러웠고 이자벨은 짐까지 지고 있어서 빨리 달릴 수가 없었다. 하지만 펨은 그런 이자벨은 안중에도 없었다. 이자벨이 반도 못 갔는데도 펨은 벌써 문 밑으로 빠져나가 사라져 버렸다. 마침내 이자벨도 문에 이르렀지만 꾸러미가 걸려서 문틈으로 재빨리 빠져나갈 수가 없었다. 이자벨은 누워서 몸을 비틀어 댄 뒤에야 간신히 빠져나올 수 있었다.

밝은 복도에 있다가 문 안으로 들어오니 보이는 게 하나도 없었다. 지하실까지 가파른 계단이 있다는 걸 미처 생각지 못했던 이자벨은 절벽 같은 계단 아래로 떨어지고 말았다. 아악! 이자벨은 비명을 지르며 두 번째 계단 아래로 떨어졌고, 또, 세 번째 계단 아래로 떨어졌다. 고꾸라지는 이자벨의 눈에 얼핏 펨의 모습이 보였다. 이자벨은 자기를 버린 펨이 계단을 다 내려가서 막 하수구로 사라지는 것을 보았다. 그러고는 계단 옆으로 발을 헛딛고 말았다.

"살려 줘!"

이자벨은 비명을 지르며 캄캄하고 무시무시한 구덩이 속으로 떨어졌다.

11장 장사꾼 쥐를 만난 몬터규

이자벨이 알 수 없는 어둠 속으로 떨어지고 있는 동안, 몬터규는 1센트짜리 동전 두 개를 힘겹게 끌고 공원 호숫가에 있는 월계수 아래로 가고 있었다. 하나는 오래돼서 때가 낀 동전이었고 하나는 반짝반짝 빛나는 새 동전이었다. 날이 저물고 있었고 몬터규도 지쳐 가고 있었다. 하루 종일 잠시도 쉬지 않고 동전을 주우러 다녔기 때문이었다. 벌써 세 번이나 목숨을 잃을 뻔했다. 세 번씩이나 말이다. 한 번은 어떤 신사의 구두에 밟힐 뻔했고, 두 번은 납작한 여자 구두 밑에 깔릴 뻔했다. 몬터규가 동전이라면 물불을 가리지 않고 달려들었기 때문이다. 그런데도 비밀 장소에 모아 둔 동전을 세 보니 실망스럽기 그지없었다. 아까 회전목마 옆에서 운 좋게 횡재를 했는데도 말이다. 회전목마 옆에서 주운 25센트짜리 동전과 10센트짜리 동전 두 개 말고는 전부 1센트짜리였고 그나마도 몇 개 되지 않았다.

몬터규는 가지고 온 동전 두 개를 비밀 장소에다 던져 놓고 더 열심히 모아야겠다고 다짐하면서 다시 밖으로 발길을 돌렸다. 하지만 저녁놀이 호수를 붉게 물들일 때까지 겨우 1센트짜리 동전 다섯 개를 더 모았을 뿐이었다. 점점 사그라져 가는 빛 아래서 몬터규는 키 작은 나무 밑에 웅크리고 앉아 그동안 모은 돈을 세어 보았다. 모두 다 해서 47센트뿐이었다.

너무 실망스럽고 지친 나머지 아름다운 저녁놀도 눈에 들어오지 않았다. 몬터규는 녹초가 돼 동전 옆에 쓰러진 채 깊은 잠에 빠졌다. 꿈속에서 몬터규는 쥐 총회에 참석했다. 공원의 긴 의자 위에서 모벌리랫 씨가 우리 목숨을 부지하려면 더 많은 돈을 기부해야 한다고 호소하고 있었다. 그때, 몬터규가 기다란 양말을 질질 끌고 의자로 다가갔다. 양말에는 25센트짜리 동전과 50센트짜리 동전이 그득했다. 몬터규가 묵직한 양말을 끌고 의자 위 연단 옆에 올라가서 큰뜻을 위해 기부하노라고 자랑스럽게 말하자 아래에 모여 있던 수천 마리의 청중이 우렁차게 박수를 쳤다. 그 바람에 몬터규는 귀를 틀어막아야 했다.

그러나 목에 파란 리본을 맨 아가씨 쥐가 맨 앞 귀빈석에서 일어나는 건 똑똑히 보였다. 촉망받는 젊은이 랜달 리즈랫의 옆자리를 박차고 나오는 아름다운 아가씨! 랜달은 떠나가는 아가씨를 멍하니 바라보고 있었다. 아가씨는 의자 위로 올라와서 마치 바람처럼 춤을 추듯이 연단을 건너와 몬터규에게 입을 맞추었다…….

몬터규는 눈을 번쩍 떴다. 눈앞에서 커다란 보름달이 이슬을 품은 월계수 이파리 사이로 가물거렸다. 몬터규는 잠이 덜 깬 채로 눈을 깜빡거렸다. 몬터규의 시력은 꽤 멀리까지 볼 수 있을 정도로 좋았지만 달은 너무 멀리 있었다. 달 표면에 드문드문 나 있는 검은 그림자는 언제 봐도 얼룩처럼 보였다. 검은 딸기로 만든 물감으로 바탕을 칠하고 구즈베리 열매로 만든 노란색으로 달을 그려 보면 어떨까 하고 생각해 본 적도 있었지만, 아무래도 그 얼룩이 맘에 들지 않아 생각을 접곤 했다. 몬터규는 다시 눈을 깜빡거렸다. 내 눈이 이상하게 흐릿한 걸까, 아니면 오늘 밤엔 달무리가 진 걸까? 갑자기 어떤 노랫말이 몬터규의 가슴속에서 맴돌았다.

해와 달 주위에 반지가 보이고
나무 안에서도 보인다네.
천사들이 만드는 반지도 있고…….

어디서 이 노래를 들어 봤더라? 몬터규는 아직도 황홀한 꿈에서 깨어나지 못한 채 자신에게 물어보았다. 갑자기 모든 게 떠올랐다. 더럽고 술에 찌든 삼촌과 하수구에서 마주친 일, 부끄러운 자기 이름과 이루어질 턱이 없는 꿈 같은 입맞춤. 몬터규는 달을 보지 않으려고 눈을 질끈 감아 버렸다.

다행히도 몬터규는 다시 잠이 들었다. 이번에는 꿈도 꾸지 않고 긴긴 겨울잠처럼 깊은 잠에 빠져 들었다. 몬터규의 절망의 깊이만큼이나 깊은 잠이었다. 다시 눈을 떴을 땐 해가 하늘 높이 떠 있었고 바닥에 놓인 동전들은 햇빛을 받아 반짝거리고 있었다.

이렇게 아름다운 여름날도 몬터규의 외로움을 날려 보내진 못했다. 이젠 뭘 해야 할지 갈피를 잡을 수 없었다. 집에 가서 걱정하고 있을 부모님을 안심시켜 드려야 할까, 아니면 47센트를 가지고 모벌리랫 씨를 다시 찾아가야 할까? 하지만 부모님은 앞발로 하는 일에 빠져서 자기 걱정 따윈 하고 있지도 않을 것이다. 또 이깟 47센트를 가지고 저명한 모벌리랫 씨를 귀찮게 해서도 안 될 것 같았다. 참나무 이파리 하나가 날아와서 몬터규의 옆구리를 간질였다. 몬터규는 못마땅한 듯 이파리를 꼬리로 탁 쳐냈다. 이건 신호였다. 이자벨의 아버지를 귀찮게 하지 말라는 신호. 참나무 이파리는 자기가 그렸던 쓸모없는 그림 중 하나였고, 그 그림들은 고귀한 모벌리랫 씨 앞에서 자신을 망신 준 장본인이었던 것이다.

아무래도 돈을 더 구하러 다니는 게 나을 듯싶었다. 만약 53센트를 더 모아서 1달러를 채우면 아마 그때는 모벌리랫 씨의 귀한 시간을 축내도 될 것이다. 몬터규가 이렇게 생각하고 막 나무 아래를 벗어나려고 하는데 위에서 무슨 소리가 들렸다.

"깍깍, 저기 돈이 있다. 맞지?"

"맞아, 깍깍."

까마귀 두 마리가 몬터규가 모아 놓은 동전을 자세히 보려고 이 가지에서 저 가지로 펄쩍펄쩍 뛰어내리며 아래로 내려오고 있었다. 몬터규는 냉큼 되돌아가서는 한껏 이빨을 드러내고 으르렁거렸다. 하지만 덩치가 몬터규보다 큰 까마귀들은 킬킬거리며 몬터규를 비웃을 뿐이었다. 그래도 몬터규는 동전 옆에 몸을 낮게 숙이고 앉아 조바심을 내며 꼬리를 획획 흔들어 댔다. 53센트를 더 모으려면 오늘 남은 시간을 다 써도 모자란데. 다행히도 까마귀들은 싫증이 났는지 날아가 버렸다. 하지만 몬터규가 돈을 묻으려고 구덩이를 파는데 이번에는 투덜거리는 목소리가 들려왔다.

"바보, 바보, 바보. 멍청이, 멍청이, 멍청이."

구덩이에서 고개를 든 몬터규의 눈에 종이봉투를 등에 진 쥐 한 마리가 나무 아래로 걸어오고 있었다. 그 쥐도 몬터규를 발견하고는 멈춰 서서 호기심 어린 눈으로 쌓인 동전을 바라보았다.

그 쥐가 물었다.

"선상님 겁니까요?"

몬터규는 자기를 방해한 쥐를 알아보고는 당황했다. 그 쥐는
바로 공원을 이리저리 쑤시고 다니고, 쥐 총회가 있던 날 무니
삼촌 옆에서 좁쌀 같은 노란 눈을 번뜩였던 장사꾼 쥐였다. 몬터
규는 그 장사꾼 쥐와 얘기할 마음이 손톱만큼도 없었다. 하지만

장사꾼 쥐는 한숨까지 쉬며 털썩 주저앉더니 동전에서 눈을 떼지 않은 채 자기 인생에 대해 한탄을 늘어놓았다.

"저도 옛날엔 진짜 멋진 꾸러미가 있었는데, 지금은 달랑 이 낡은 봉투뿐입죠. 옛날엔 나도 젊은 선상님 같은 부두 쥐랑 같이 살았는데, 지금은 이렇게 혼자가 됐습죠. 옛날엔 동전도 많고 귀한 물건도 많았는데 지금 내게 남은 거라곤 그 시퍼런 연기에서 얻은 두통뿐입니다요. 지금 가까스로 목숨을 건져 도망쳐 나왔습죠. 아주 죽기 살기로 뛰었다고요. 빗자루 여섯 개가 한꺼번에 날 쫓아왔거든요! 그래서 얻은 게 뭐가 있냐고요? 쥐뿔도 없습죠. 이 도시에서 가장 불쌍하고 재수가 없는 쥐는 아마 젊은 선상님 눈앞에 있는 바로 이 몸일 겁니다요."

몬터규는 자기 신세를 생각하며 중얼거렸다.

"글쎄요, 정말 그럴까요?"

몬터규가 작별 인사를 했지만 장사꾼 쥐는 떠날 생각을 하지 않았다. 얘깃거리가 떨어지자 몬터규는 장사꾼 쥐의 친구는 어떻게 되었느냐고 물어보았다.

장사꾼 쥐가 대답했다.

"아마 죽었을 겁니다요. 왜 죽었을 것 같아요? 글쎄, 자기하고는 아무런 상관도 없는 이유 때문에 돈을 벌려다가 그렇게 됐지 뭡니까요. 더구나 잘 알지도 못하는 조카가 자기 이름을 원망

하지 않게 하려고 그 고생을 사서 했단 말입니다요!"

조카가 자기 이름을 원망하지 않게 하려고? 몬터규는 동그랗게 뜬 눈을 깜빡거리며 물었다.

"죽었다고요?"

"아마 그랬을 겁니다요. 내가 보따리도 안 갖고 피신한 걸 보시라고요. 그 안엔 종이돈이 꽉 차 있었는데! 정말 어마어마한 액수였다니까요!"

몬터규는 반쯤 파다 만 구덩이에서 나오면서 다시 물었다.

"죽었다고요? 혹시 죽도록 술이 취했다는 말인가요?"

장사꾼 쥐가 짜증 섞인 목소리로 대답했다.

"진짜 죽었을 거라니깐요. 그 망할 놈의 조개껍데기를 팔고 받은 귀한 돈을 몽땅 눈이 동그랗고 예쁘장한 아가씨 쥐에게 줘 버리더니. 게다가 내 보따리까지도!"

"조개껍데기라고요?"

"그림이 그려져 있는 조개껍데기였습죠. 엄청난 금액에 팔렸지요. 태어나서 그렇게 많은 돈을 만져 본 건 처음이었는데. 어휴, 이런 바보 같으니라고!"

정신이 번쩍 든 몬터규가 또 물었다.

"예쁘장한 아가씨라뇨?"

"머펄리랫이라고 그랬던가? 아무튼 무슨 목적이 있어서 왔다고 했는데."

"모벌리랫이오? 설마 이자벨 모벌리랫은 아니죠!"

"그런 것 같은뎁쇼. 그 모험에 같이 갔거든요. 그러고는 내 보따리를 갖고 사라져 버렸지 뭡니까요! 우리를 그 위험한 일에 끌어들이더니만."

잠깐 동안이지만 짜릿한 즐거움이 몬터규를 감쌌다. 이자벨은 모벌리랫 씨보다 자기 그림을 높이 평가해 준 것이다. 하지만 이자벨은 조개껍데기 그림이 부두를 구할 수단이라고 생각했기 때문에 관심을 가졌겠지.

몬터규는 연거푸 질문을 퍼부었다.

"좀 전에 조카가 자기 이름을 원망하지 않게 하려고 그랬다고 말했나요?"

장사꾼 쥐가 투덜거리며 대답했다.

"바로 그 이유 때문에 우리 선상님이 위험을 무릅쓰고 그 모험을 떠난 거였습쇼. 선상님은 돈에는 눈곱만큼도 관심이 없는 분이었습쇼. 선상님 부인이 갑자기 떠나 버려서 반지 만드는 일로만 위로를 삼고 사는 분이었지요. 반지밖에 모르는 분이었는데. 원래 우리는 월요일에만 갔었다고요. 월요일이 안전한 날인데."

몬터규는 마른침을 삼키며 또 물었다.

"그런데 어째서 그분이 죽었다는 거죠?"

"그야 인간들이 모두 선상님을 쫓아갔으니까 그렇습죠. 아, 아, 내 말은 모두 다가 아니고 나를 쫓던 사람들 말고 말입니다요. 아마 그 인간들은 성냥갑 안에 돈뭉치가 들어 있다고 생각한 모양입니다요. 아하, 그렇군요. 선상님도 인간들이 그럴 줄 알고 그렇게 한 거로군요. 이제야 알아차리다니."

"성냥갑이라고요? 도대체 거기가 어디예요? 우리가 그분을 찾아봐야 하지 않겠어요?"

장사꾼 쥐가 비웃으며 말했다.

"우리라뇨? 도대체 젊은 선상님이 무슨 상관이 있다고 그럽니까요?"

몬터규가 정색을 하고 대답했다.

"내 이름도 몬터규 매드랫이오."

"뭐라고요? 그럼 당신이 그 조카란 말입니까요?"

몬터규는 고개를 끄덕였다. 처음에는 놀랍다는 듯이 몬터규를 바라보던 장사꾼 쥐의 노리끼리한 눈이 점차 동정 어린 눈빛으로 바뀌었다.

"젊은 선상님 말이 맞겠구먼요. 우리가 다시 가 보는 게 좋겠어요. 어쩌면 미술관 주인이 살려 줬을지도 모르지만. 어쨌든 한밤중까지는 기다려야 합니다요. 슬림이라는 인간하고 맥이라는 인간이 있는 한 미술관은 위험하걸랑요. 그 인간들은 아주 비열한 인간들입니다요. 악마처럼 탐욕스럽죠. 그렇게 역겨운 인간들은 처음 봤습니다요."

몬터규가 놀라서 말했다.

"한밤중까지 기다리자고요? 지금 당신의 친구가 어려움에 빠져 있는데 한밤중까지 기다리자고요?"

장사꾼 쥐가 딱 잘라 말했다.

"전 저 건물들 불이 다 꺼지고 달이 높이 뜰 때까지는 이 자리에서 꼼짝도 하지 않을랍니다. 전 그렇게 더럽고 치사하고 역겨운 족속들을 다시 만날 생각이 털끝만큼도 없다 이 말입니다요."

몬터규는 화가 나서 장사꾼 쥐를 노려보았다. 그러나 다시 마음을 가다듬고 이렇게 말했다.

"47센트를 내면 어쩌겠소?"

금세 노란 눈이 커다래지더니 동전 더미를 곁눈질로 세어 보는 눈치였다.

장사꾼 쥐가 대답했다.

"47센트라면, 좋습니다요. 그런데 젊은 선상님, 잠깐 뒤로 돌아 있어 주시겠습니까요? 이 돈을 근처 어디에 좀 묻어야겠습니다요. 사실 저도 이렇게 의심이 많은 쥐가 아니었는데, 배운 게 있습죠. 독가스에 빗자루 세례를 받고 나니 말입니다요. 어찌나 못되고 비열한 인간들이 많은지. 아마 젊은 선상님도 저 같은 고생을 하면 마찬가지였을 겁니다요."

"알겠소."

몬터규는 고개를 끄덕이며 뒤로 돌아 장사꾼 쥐가 동전을 묻고 올 수 있게 해 주었다. 정말 이상한 일이지만, 지금 몬터규에겐 지저분한 자기의 삼촌을 구하는 것이 호화로운 부두를 살리는 것보다 훨씬 더 중요하게 생각되었다.

12장 쓰레기통 탈출

　몬터규가 대낮에 잠에서 깰 무렵 이자벨도 의식을 차리고 있었다. 그러나 이자벨의 눈앞에는 반짝거리는 동전 대신에 암울한 어둠이 드리워져 있었다. 처음에 이자벨은 자기 방 침대에 누워 있다고 생각했다. 저녁을 너무 많이 먹어서 한밤중에 잠이 잠깐 깬 거라고. 그런데 침대가 아주 불편했다. 게다가 주위는 기분 나쁠 정도로 너무 조용했다. 부두 아래로 흐르는 기분 좋은 물소리는 왜 들리지 않지? 이자벨은 깊이 숨을 들이마셨다. 으윽! 언제부터 내 방에서 이런 고약한 냄새가 났지?

　냄새가 하도 지독해서 이자벨은 두 앞발로 얼른 주둥이를 감싸쥐었다. 하지만 앞발에서도 고약한 냄새가 났다! 위를 올려다보니 저 높이 어렴풋하게 동그란 구멍이 보이는 것 같았다. 순식간에 모든 일이 떠올랐다. 퍼런 가스를 피해서 지하실로 내려가는 문틈을 빠져나왔지. 그러고는 계단 옆으로 굴러 떨어져서 이

1 5 9

어둠 속으로 떨어졌지. 얼마 동안이나 여기에 쓰러져 있었는지 이자벨은 도무지 짐작을 할 수가 없었다. 그러나 단 한 가지 사실만은 분명했다. 자기가 즉사하지 않고 살아남아 있는 건 바로 등에 지고 있는 이 두툼한 꾸러미 덕분이라는 것이다.

꾸러미에 생각이 미치자 그 안에 들어 있는 엄청난 돈이 생각났다. 이자벨은 벌떡 일어났다. 어서 이 돈을 아버지에게 갖다 주고 부두를 구해야 해! 그런데 이 구덩이는 왜 이렇게 깊고 미끈거리는 거야? 이자벨은 구덩이를 빠져나가려고 여러 번 시도해 보았지만 그때마다 바닥에 나동그라졌다.

그런데 무슨 악취가 이렇게 지독하담? 이자벨은 코를 킁킁거리며 조심스럽게 주위를 둘러보았다. 왝! 생선뼈에, 커피 찌꺼기, 잿더미, 썩은 달걀, 멜론 껍질 등이 주위에 널려 있었다. 그때 뭔가 이자벨의 코끝을 간질였다. 으악! 벌레잖아! 오, 세상에! 모든 게 뚜렷해졌다. 이자벨은 쓰레기통에 빠져 있는 것이다. 지금 바로 나, 다름 아닌 이자벨 모벌리랫이 벌레들이 우글거리는 쓰레기통 속에서 뒹굴고 있는 것이다! 누군가 나를 구해 주지 않을까? 바로 며칠 전에도 누군가 꼬리를 던져서 나를 구해 주지 않았던가? 하지만 무시무시하게 내리치던 빗자루가 생각나자 한가하게 남의 도움 따위를 기다리고 있을 때가 아니란 사실을 깨달았다.

여기서 코를 움켜쥔 채 이대로 주저앉아 있다가는 나도 이 쓰레기들과 함께 썩어 버릴지 몰라. 이자벨은 움직이기 시작했다. 그 뒤 몇 시간 동안 벌레들을 쫓으면서 냄새나는 쓰레기를 한데 모으느라 젖 먹던 힘까지 다 썼다. 쓰레기통 한쪽에 쓰레기를 쌓아올린 다음 계단처럼 밟고 올라갈 생각이었다. 하지만 막상 쓰레기 꼭대기를 밟고 올라서자 맨 위에 쌓아 올렸던 쓰레기가 맥없이 무너져 버렸다. 이자벨은 다시 쓰레기통 바닥으로 떼굴떼굴 굴러 떨어져 버렸다.

"이 멍청이, 커피 찌꺼기를 맨 위에 쌓으면 어떻게 해!"

이자벨은 혼자 투덜거리며 몸을 털었다. 이자벨은 오렌지 껍질 속에서 생선뼈를 끄집어내서 아슬아슬하게 버티고 있는 쓰레기 계단 꼭대기로 끌고 올라가 사다리처럼 벽에 기대어 놓았다. 하지만 쓰레기통 꼭대기까지 닿으려면 아직 턱없이 모자랐다. 이자벨은 뼈를 다시 가지고 내려와서 다른 생선뼈를 하나 더 찾아냈다. 그러고는 목에 두르고 있던 리본을 풀어 생선뼈 두 개를 이었다. 어차피 더러워질 대로 더러워진 리본이니까. 이층 사다리 덕분에 쓰레기통 꼭대기까지 올라갈 수 있었다. 그렇지만 막 쓰레기통을 나오려는 찰나, 일하느라 잠깐 내려놓은 돈주머니가 생각났다. 이자벨은 다시 악취가 풍기는 쓰레기 더미 속으로 내려갔다 와야 했다.

드디어 이자벨은 쓰레기통 꼭대기까지 올라오는 데 성공했다. 아! 여기만 해도 살 것 같아! 다행히 쓰레기통 옆에는 조그만 통들이 많이 쌓여 있어서 시멘트 바닥으로 곧장 뛰어내리지 않아도 되었다. 이자벨은 바닥에 내려서자마자 재빨리 지하실을 가로질러 비탈진 하수구로 통하는 창살문에 이르렀다. 그러고는 매고 있던 주머니를 창살 사이로 찔러 넣은 다음 그 안으로 비집고 들어갔다.

쓰레기통 속에 있다가 나오니 지저분한 하수구도 사치스러울 정도였다. 한 시간쯤 하수구를 달려가다가 어디쯤 왔는지 알아보려고 빗물받이 위로 고개를 빼 보았다. 해가 쨍쨍 내리비치는 맑은 오후였다. 오늘이 아직도 목요일인가? 아니면 금요일이나 토요일? 어쩌면 일요일일지도 몰라.

마침내 이자벨은 지하철 선로 옆 하수구 밖으로 고개를 내밀고 이쪽저쪽을 살핀 다음 철도를 건너갔다. 선로가 갈리는 곳에 생쥐 두 마리가 보였다. 이자벨은 문지기 쥐 말고는 자기보다 하찮은 족속들에게는 말을 걸지 않았지만, 지금은 그런 걸 따질 때가 아니었다. 이자벨은 조금도 주저하지 않고 그 생쥐들에게 공손하게 말을 걸었다.

"오늘이 무슨 요일인지 좀 알려 주시겠어요?"

생쥐 한 마리가 찍찍거리며 대답했다.

"도대체 당신네들 부두 쥐들은 눈도 없소?"

당황한 이자벨이 되물었다.

"무슨 말이에요?"

다른 생쥐가 안됐다는 듯 혀를 끌끌 차며 땅딸한 꼬리를 들어 위를 가리켰다. 땀 냄새를 풍기는 인간들이 바글거리는 지하철 승강장이 보였다.

"저 위를 좀 보란 말이오. 봤소? 인간들이 모두 큰 가방을 들고 있잖소. 주말여행들을 떠나는 거라고. 즉, 오늘은 당연히 금요일이다, 그 말이지."

건방진 생쥐들 같으니라고. 이자벨은 이렇게 생각하며 당장에 그 자리를 떴다. 금요일이라고? 그럼 밤새 꼬박 그리고 다음날 아침까지 그 쓰레기통에서 의식을 잃고 쓰러져 있었단 말이야? 어쩌면 지금쯤이면 독약이 온 부두에 퍼져 있을지도 몰라!

이자벨이 집 건너편에 있는 빗물받이 위로 기어 올라왔을 때는 마침 도로가 몹시 혼잡한 시간이었다. 62번 부두 창고는 그대로 서 있었다. 아직까지는 주차장으로 바뀌지 않은 게 틀림없었다. 하지만 해골 그림이 그려진 트럭은 여전히 있었다. 트럭은 58번 부두 앞에 서 있었다.

차들의 행렬이 잠깐 끊긴 틈을 타서 이자벨은 꾸러미를 질질 끌며 길을 건너 62번 부두 창고 문으로 들어갔다. 문지기 쥐가 소름 끼치는 비명을 내지르며 숨도 안 쉬고 외쳤다.

"거지는 못 들어와! 저녁때는 장사꾼 쥐도 안 돼! 당장 현관에서 꺼져 버려!"

이자벨은 킥킥거리며 웃었다. 자기를 거지나 장사꾼 쥐로 착각하다니! 11번 나무 상자로 향하려는데 누군가 꼬리를 잡아당기는 것 같았다. 이자벨의 얼굴에서 웃음이 싹 가셨다. 감히 문지기 쥐가 내 꼬리를 잡아당기다니! 굳이 꼬리를 움직여 빼낼 필요도 없었다. 이자벨의 눈에서 타오르는 불길이 그 일을 대신해 주었으니까. 문지기 쥐는 이자벨의 꼬리를 얼른 내려놓고는 자기도 모르게 허리를 꼿꼿이 세워 차렷 자세를 했다.

이자벨은 뒷문으로 들어갔다. 이자벨의 엄마가 리즈랫 부인과 함께 부엌에 앉아 있었다.

이자벨이 큰 소리로 물었다.

"랜달은 좀 괜찮아요?"

모벌리랫 부인은 이자벨의 모습에 얼굴이 새하얗게 질렸다. 리즈랫 부인은 코를 찌푸린 채 이자벨을 쳐다보았다. 이자벨은 재빨리 부엌을 지나 손님방으로 달려가서는 문을 활짝 열어젖혔다.

이자벨은 슬리퍼에 앉아 있는 랜달을 보고는 기뻐서 크게 소리쳤다.

"랜달! 살아 있었군요!"

랜달은 거만하게 말했다.

"당연히 살아 있지. 그게 당신하고 무슨 상관이야?"

이자벨은 깔깔거리며 슬리퍼에 걸터앉았다.

"저예요, 바보같이. 지금 엄청난 모험을 하고 오는 길이라고
요. 그런 와중에도 당신 걱정을 얼마나 했는데."

랜달은 뒤로 물러나며 호통을 쳤다.

"감히 모벌리랫 씨 집에 몰래 들어와서 지금 무슨 헛소리를
하는 거야. 거지 주제에! 이런 세상에, 어휴, 이 지독한 냄새!"

"오, 그건 내 털에서 나는 냄새예요. 내가 이 꾸러미에 뭘 갖
고 왔는지 좀 볼래요? 이것만 있으면 우린 독약 걱정은 다신 안
해도 돼요!"

랜달이 앞발을 주둥이 앞에서 흔들어 대며 찢어지는 소리로
외쳤다.

"엄마!"

이자벨이 영문을 모르겠다는 듯 물었다.

"왜 그래요? 이제 나와 결혼하고 싶지 않아요?"

"너와 결혼한다고! 당신 미쳤어? 이 랜달 리즈랫이 당신 같은
쥐와 결혼을 할 거라고 생각해?"

이자벨은 당황해서 뒤로 한 걸음 물러섰다. 어떻게 랜달이 이

166

럴 수 있지? 어떤 쥐도 내게 이렇게 대할 수는 없어! 이자벨은
다시 랜달 쪽으로 한 걸음 다가갔다. 랜달이 얼굴을 찡그렸다.
이자벨은 깊은 상처를 안고 뒤돌아 방을 나왔다.

　이자벨은 마음을 가다듬고 코르크가 깔린 복도를 지나 서재에
있는 아버지를 바라보았다. 걱정 때문인지 하룻밤 사이에 털이
하얗게 세어 버린 것 같았다. 랜달과의 일도 있고 해서 되도록이
면 빨리 이야기를 끝내는 게 좋겠다고 생각하고 이자벨은 재빨
리 서재로 들어가서 곧바로 꾸러미를 사전 위에 올려놓았다.

　이자벨은 불쑥 말을 꺼냈다.

　"아빠, 여기 10만 달러예요. 반은 부두 임대료고요, 반은 몬터

규의 돈이에요. 몬터규가 그린 그림을 판 것이니까요. 자, 이제 문제가 다 해결되었죠? 부두 주인의 조카도 주차장으로는 이만한 돈을 벌 수 없을 테니까요. 더구나 이렇게 낡은 부두에 차를 세우면 아마 부두가 무너져 버릴걸요."

모벌리랫 씨가 뒤로 자빠지며 외쳤다.

"무슨 그림? 도대체 당신은 누구요?"

이자벨은 갈색 커피 찌꺼기를 몸에서 털어내며 말했다.

"저예요, 이지라고요. 못 알아보시겠어요? 남은 돈은 몬터규 돈이니까 잘 놔두세요. 알았죠? 전 또 가 봐야 해요."

이번엔 얼굴이 굳어져서 이자벨의 아버지가 말했다.

"도대체 무슨 소리요? 무슨 헛소리냐고! 부두 임대료는 농담거리가 아니야. 임대료 인상은……."

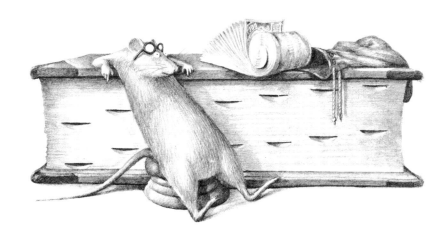

이자벨은 아버지의 말을 가로막으며 말했다.

"아빠, 저도 지금 농담할 기분 아니에요!"

"이지? 정말 너냐? 이건 도대체 뭐냐?"

"돈이에요. 열어 보세요."

당황한 모벌리랫 씨는 딸의 말에 순순히 따랐다. 1천 달러짜리 지폐가 한 장씩 한 장씩 나올 때마다 모벌리랫 씨의 눈이 5센트짜리 동전만큼이나 휘둥그레졌다.

이자벨이 말했다.

"아버지가 버리려고 했던 그 조개껍데기를 우리가 팔았어요. 몬터규가 가져왔던 그림 말이에요. 그 그림은 몬터규가 직접 앞발로 그린 거래요."

이자벨은 사전 뒤로 돌아가 아버지에게 안기고 싶었지만 자기 꼴을 생각하고는 멀리서 입맞춤만 날려 보냈다.

"아빠, 그럼 다녀올게요. 되도록이면 빨리 돌아올게요."

넋을 잃고 서 있는 아버지를 뒤로하고 이자벨은 복도로 나갔다. 이제 충격에서 벗어난 이자벨의 엄마는 햄 깡통에 목욕물을 받고 있었다.

모벌리랫 부인이 떨리는 목소리로 말했다.

"이지, 너로구나. 네 목소리만 들어도 안다. 지금 거품 목욕 준비를 하고 있단다."

이자벨은 뚱뚱한 엄마 옆을 재빨리 지나치며 말했다.

"고마워요, 엄마. 하지만 지금은 목욕할 시간이 없어요."

엄마는 애원하듯 말했다.

"그럼 뭐라도 좀 먹으렴. 부엌에 갓 만든 치즈가 있단다."

이자벨은 등 뒤로 소리치며 앞문을 나섰다.

"시간 없어요, 엄마. 몬터규 매드랫을 찾아서 그림이 팔린 사실을 알려 줘야 해요."

13장 삼촌을 구하러

　　몬터규도 이미 자기 그림이 팔린 사실을 알고 있었다. 몬터규는 호숫가에서 미술관으로 가는 길에 장사꾼 쥐 펨으로부터 많은 이야기를 들었다. 미술관까지 가는 데는 한참이나 걸렸다. 펨이 뭔가 반짝이는 물건을 볼 때마다 멈춰 서서는 그걸 유심히 들여다보곤 했기 때문이었다. 그 물건이 찢어진 사탕 껍질이든 하수구로 쓸려 온 압정이든 상관이 없었다. 펨은 보따리 대신 메고 있는 낡은 종이봉투에 이것저것 주워 넣었다. 거기에는 옷핀도 있었고 녹슨 손톱깎이에다 공룡이 그려진 박물관 배지도 있었다.

　　장사꾼 쥐는 반짝거리는 물건에 정신을 뺏기지 않을 때면 무시무시한 모험담을 늘어놓았다. 퍼런 연기를 뿜는 약에 기관총, 수류탄에 이르기까지 인간들이 자기를 죽이려고 썼던 온갖 무기들에 대해 떠벌렸다. 그 탐욕스럽고 역겨운 인간들이 빗자루나 곤봉이나 채찍도 모자라 나중에는 이런 무기들까지 썼다는 것이

1 7 1

었다. 마침내 미술관 지하실로 통하는 하수구에 이르자 밝은 태양 아래에서는 하늘을 찌를 듯이 솟구치던 몬터규의 의지는 어디론가 사라져 버린 것 같았다.

몬터규는 가까스로 용기를 내어 장사꾼 쥐를 재촉해서 지하실을 빠져나가는 가파른 계단을 올라갔다. 삼촌은 자기를 위해 목숨까지 걸지 않았던가.

몬터규와 펨은 문 아래로 난 틈으로 밖을 살폈다. 펨이 소리를 죽여 잔뜩 쉰 목소리로 속삭였다.

"내가 뭐라 그랬습니까요! 저 무기 좀 봐요! 탐욕스러운 인간들, 힘이 세기도 하지!"

더러운 작업복을 걸친 인부 두 명이 바로 맞은편 벽을 쇠지레로 비틀어 떼어 내고 있었다. 정말로 무시무시한 광경이었다. 태어나서 처음 보는 엄청난 힘이었다. 몬터규는 잔뜩 웅크리고 앉아 얼굴만 내놓은 채 밖을 살폈다. 펨이 옆에서 벌벌 떨자 몬터규는 더 겁이 났다. 곧 양복을 입은 세 사람이 복도를 따라 걸어왔다. 나무 바닥에 울리는 발소리가 너무 커서 몬터규는 귀를 꼭 막았다. 세 사람이 인부들 가까이에 와서 멈춰 선 뒤에야 몬터규는 귀에서 앞발을 떼었다.

펨이 쉰 목소리로 속삭였다.

"저기 저 사람이 미술관 주인이고, 나머지 두 사람이 바로 살

인자들입니다요."

펨이 미술관 주인이라고 했던 사람이 입을 열자 놀라울 만큼 부드러운 목소리가 흘러나왔다.

"난 아직도 이해를 못하겠네. 그건 범죄 행위야. 배신이라고."

거친 목소리가 대꾸했다.

"하지만 쥐 한 마리가 천 달러짜리 백 장을 들고 도망치는데 그냥 우리더러 손놓고 지켜보란 말입니까? 그놈은 아직 저 벽 속에 있을 겁니다, 관장님. 이 망할 성냥갑에 돈이 없는 걸 보면 틀림없어요."

펨이 나직이 속삭였다.

"오, 이런. 사람들이 성냥갑을 갖고 있잖아."

몬터큐는 그 성냥갑을 곧바로 알아봤다. 몬터큐의 침대 발치에 여행가방처럼 놓여 있던 그 성냥갑은 마치 동전처럼 사람 손에서 튕겨지고 있었다.

부드러운 목소리가 약간 거칠어지며 나무라듯 말했다.

"그 돈은 그림의 대가로 준 거네. 도대체 자네 둘이 왜 그 쥐를 죽이려고 했는지 이해가 안 돼. 더 이상 내 밑에서 일하고 싶지 않은 거로군."

다른 한 사람이 항의하듯 말했다.

"하지만 관장님, 겨우 쥐 한 마리한테!"

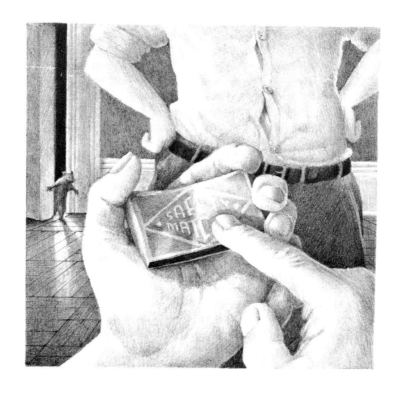

또 하나가 덧붙였다.

"게다가 우리가 죽였다는 증거가 없잖아요?"

"그 쥐를 냉방 장치 송풍구로 내몰고는 스위치를 끝까지 올렸
잖은가! 틀림없이 죽었겠지. 꽁꽁 얼어서."

몬터큐가 몸서리를 치며 말했다.

"꽁꽁 얼었다고?"

거친 목소리가 말했다.

"여기 일이 끝나면 인부들을 위층으로 보내서 송풍구를 열어 보겠습니다. 그런 다음에 그 쥐를 잘 묻어 주겠습니다. 그러면 되겠죠?"

몬터규가 펨에게 물었다.

"송풍구가 뭐요?"

"저도 모릅니다요."

"이층으로 올라가는 길이 어디요?"

펨이 왼쪽을 가리키며 말했다.

"저쪽입죠. 하지만 여기서……."

몬터규는 더 이상 듣지 않고 문 밖으로 뛰쳐나갔다. 그러나 왼쪽으로 가려면 떡하니 버티고 서 있는 사람의 거대한 가랑이 사이로 빠져나가야 했다. 다행히 벽에 망치질을 시작한 틈을 타 몬터규는 거대한 다리의 주인이나 옆에서 불평을 늘어놓는 인부의 눈에 띄지 않고 무사히 복도를 빠져나갈 수 있었다. 복도 끝에는 절벽처럼 가파른 계단이 이어져 있었다. 그래도 이 계단은 지하실 계단하고는 달리 카펫이 깔려 있어서 쉽게 붙잡고 올라갈 수 있었다. 몬터규는 단숨에 계단 꼭대기까지 올라가 그곳에서 다시 이어지는 복도를 살펴보았다. 몬터규는 도대체 냉방 장치 송풍구가 뭔지 궁금했다.

175

몬터규는 이 생각에 너무 빠져 있느라, 등 뒤에서 계단을 조용히 올라오는 발소리를 미처 듣지 못했다. 갑자기 참기 힘든 고통이 몬터규의 몸을 뚫고 지나갔다. 무심코 밖으로 뻗쳐 놓았던 꼬리를 커다란 신발이 밟고 지나간 것이었다. 카펫이 깔려 있지 않았다면 아마 몬터규의 꼬리는 영영 펴지지 않았을지도 몰랐다. 몬터규가 억지로 비명 소리를 삼킨 덕에 그 발의 주인은 아무런

눈치도 채지 못하고 복도를 걸어갔다.

그 사람은 펨이 말한 미술관 주인 같았다. 미술관 주인이 어느 방 안으로 들어가자 귀에 익은 소리가 들렸다. 공원에서 들어 본 적이 있는 개 짖는 소리였다. 몬터규는 아픈 꼬리가 제대로 움직이는지 이리저리 흔들어 보고는 복도를 뛰어가 문 한쪽에 섰다.

사무실 안에서 미술관 주인의 부드러운 목소리가 들렸다.

"기다리게 해서 죄송합니다, 플럼펑엄 부인. 끔찍한 일이 좀 있어서요."

빨간 벨벳 천이 덮인 소파를 꽉 채우고 앉아 있는 부인이 큰 소리로 말했다.

"끔찍한 일이라고요! 무슨 일인데요?"

미술관 주인은 헛기침을 한 번 하고 말했다.

"저, 그게, 부인이 새끼손가락에 끼고 있는 반지를 만든 예술가와 관련된 일입니다. 그 일로 방금 제 직원 둘을 해고하고 오는 길입니다."

몬터규는 워낙 공원을 많이 돌아다닌 탓에 수많은 사람들을 보았지만, 플럼펑엄 부인이라는 사람만큼 몸집이 크고 온몸이 저렇게 번쩍거리는 사람은 처음 보았다. 땅딸막한 손가락 마디마디마다 반지가 번쩍거렸다. 퉁퉁한 손목에서는 팔찌가 요란한 소

리를 내면서 흔들거렸고, 번쩍거리는 다이아몬드가 박힌 장식 핀에, 귀걸이에, 머리띠에, 눈부시게 빛나는 커다란 금덩어리로 만든 목걸이까지 하고 있는 통에 눈도 제대로 뜨지 못할 정도였다.

미술관 주인이 다시 말했다.

"플럼펑엄 부인, 오늘은 정말 특별한 예술품을 보여 드리겠습니다."

미술관 주인은 이렇게 말하고는 육중한 금고가 달려 있는 벽으로 걸어갔다.

"조개껍데기인데요, 매우 절묘한 솜씨로 그려진 작품입니다. 훌륭한 부인의 소장품에 완벽하게 어울리는 작품이 될 겁니다."

플럼펑엄 부인의 들뜬 목소리가 이어졌다.

"어머나! 이걸 브로치로 만들 수 있을까요?"

플럼펑엄 부인이 탄성을 지르며 고개를 끄덕일 때마다 목걸이가 두 겹으로 주름진 턱 안으로 사라졌다.

몬터규는 자기가 그린 그림이 저렇게 커다란 금고 안에 보관될 정도로 중요하게 다뤄지는 걸 보고 놀라지 않을 수 없었다. 게다가 '절묘한 솜씨'라니. 붕 뜨는 듯한 느낌이었다. 하지만 플럼펑엄 부인의 찬사에 정신이 팔려서 시간을 헛되이 보낼 수는 없었다. 플럼펑엄 부인이 거의 다 차지하고 앉은 소파 한구석에 수정 목걸이를 걸고 있는 페키니즈 종 개 한 마리가 간신히 끼어 앉아 있었다. 몬터규는 잘난 체하는 이 개가 가죽 끈에 묶여 산책하는 것을 종종 본 적이 있었지만 말을 걸어 본 적은 없었다.

몬터규가 아주 조그맣게 말했다. 개들은 보통 귀가 무척 밝다는 걸 몬터규는 잘 알고 있었다.

"실례합니다. 혹시 냉방 장치 송풍구가 어디에 있는지 아세요?"

개가 킥킥 웃으며 대답했다.

"당연히 알지. 우리 집에도 중앙 냉방 장치가 있거든."

"그럼 냉방 장치 송풍구는 어떻게 생긴 거죠?"

"그보다 쥐 선생, 먼저 내가 시키는 대로 하면 알려 주지. 킥킥."

"그게 뭔데요?"

"지금 당장 주둥이를 문 뒤로 숨기라고. 우리 주인이 당신을 보기라도 하면 놀라서 펄쩍 뛸 거 아냐? 그렇게 되면 누굴 깔고 앉겠어!"

맞는 말이었다. 몬터규가 얼른 문 뒤로 물러서자 개가 대답했다.

"냉방 장치 송풍구는 벽 안에 있는 커다란 구멍 같은 거야. 그 위엔 보통 쇠창살이 덮여 있지. 그런데 왜 그런 걸 알고 싶어 하

는 거지, 쥐 선생? 더운가? 이렇게 더운 날은 그렇게 나돌아 다
녀선 안 되지. 건강에도 안 좋고 털에도 아주 안 좋아. 더구
나……."

　개가 말을 끝내기도 전에 그 방 안에는 쇠창살 같은 게 없다
는 걸 확인한 몬터규는 벌써 그 자리를 떴다. 복도 끝까지 달려
갔지만 쇠창살을 찾지 못한 몬터규는 갔던 길을 되돌아왔다. 계
단 있는 곳까지 되돌아온 몬터규는 마침내 개가 말한 쇠창살 같
은 것을 발견했다. 그 송풍구는 미술관에 어울리게 아름다운 꽃
무늬였고, 가운데에는 몬터규가 간신히 비집고 들어갈 만한 구
멍이 장미꽃 모양으로 나 있었다. 쇠창살이 바닥에서 30센티미
터쯤 높이에 있는 바람에 그 안으로 들어가려면 멀리서부터 달
려와서 높이 뛰어야 했다. 결국 몬터규는 두 번째로 도움닫기를
해서야 가까스로 장미꽃 구멍 안을 헤집고 들어갈 수 있었다. 차
가운 금속 바닥이 발에 와 닿았다. 바로 앞에서 몬터규는 옆으로
누워 있는 무니 삼촌을 발견했다.

　몬터규가 외쳤다.

　"무니 삼촌! 제발 죽지 마요!"

　몬터규는 쥐들이 옆으로 누워서 자는 법이 없다는 걸 잘 알고
있었지만 계속 무니 삼촌을 흔들며 외쳤다.

　"제발 일어나요!"

무늬 삼촌은 눈을 뜨지 않았다. 지저분한 털은 얼음장처럼 차가웠다. 몬터규는 삼촌의 꼬리를 잡아당겨 보았다. 그 꼬리에는 엘리자베스 숙모처럼 반지가 끼워져 있었다. 아무 소용이 없자 이번엔 삼촌에게 달려들어 네 발로 꼭 껴안아 보았다. 그리고 하얗게 얼어붙은 삼촌의 코에 따뜻한 숨을 불어 넣었다. 여전히 아무런 소용이 없었다. 삼촌은 수염 하나 까딱하지 않았다. 체온도 나누지 못하면서 이름만 같으면 뭐 하나! 몬터규는 문득 펨에게서 들은 어제의 모험 이야기가 생각났다. 다시 장미 구멍을 빠져나가 바닥으로 뛰어내린 몬터규는 카펫이 깔린 계단을 달려 내려갔다. 몬터규는 아래층 복도를 살금살금 기어가서 일하고 있는 사람들 옆에 있는 방을 문아래 틈으로 살펴보았다. 어둑어둑한 그 방은 사무실 같았는데 바닥 쪽에 구멍 같은 게 눈에 띄었다. 몬터규는 문 밑을 비집고 들어가 그 구멍으로 내달렸다. 구멍 바로 안쪽에 안약 병 네 개가 있었다. 몬터규는 아픈 꼬리로 병 네 개를 다 감아쥐고 다시 이층으로 뛰어 올라갔다.

다시 송풍구 안으로 들어간 몬터규는 약병 뚜껑을 열고, 억지로 삼촌의 입을 벌렸다. 몬터규가 민들레 술을 입 안에 흘려 넣자 삼촌이 기침을 하며 술을 뱉어 냈다. 삼촌의 눈꺼풀이 떨렸다. 몬터규는 술을 조금 더 입 안에 넣어 주었다.

드디어 삼촌이 "브르르르" 소리를 내며 눈을 깜빡거렸다.

"여기가 어디지? 캄캄한 달나라에라도 와 있나?"

몬터규는 삼촌을 껴안으며 외쳤다.

"오, 무니 삼촌! 정말 다행이에요! 어서 여길 빠져나가야 해요. 사람들이 쇠창살을 걷어 내기 전에요. 좋은 사람도 있겠지만, 어쨌든 인간들은 섬뜩한 족속들이에요!"

일어나려고 애쓰던 무니 삼촌이 다시 옆으로 쓰러지며 말했다.

"이상한 일이야. 내 다리가 움직이지 않아."

몬터규가 설명해 주었다.

"사람들이 삼촌을 얼려 버렸어요. 어서 햇볕이 드는 곳으로 나가야 해요."

삼촌은 술에 취해 중얼거렸다.

"저녁이 되면 금빛으로 물들지만, 달은 노래하지 은빛이 더 감미롭다고."

몬터규는 삼촌을 쇠창살 쪽으로 밀었다. 먼저 구멍을 빠져나온 몬터규는 삼촌을 자기 쪽으로 힘껏 당겼다. 몬터규는 삼촌을 안은 채로 카펫 위로 떨어졌다.

몬터규가 물었다.

"괜찮으세요?"

"그런 것 같구나. 아무 감각이 없어. 동상에 걸렸나 봐."

183

몬터규는 마루에 납작하게 엎드려 삼촌보고 자기 어깨 털을 꼭 잡으라고 하여 삼촌을 업었다. 다리가 마비된 삼촌이 어정쩡한 자세로 몬터규의 등에 업힌 탓에 둘은 힘겹게 계단을 내려왔다. 다행히 아래층 복도에서 일하던 인부들은 벽을 뜯어 내느라 정신이 없어서 둘이 지나가는 것을 눈치 채지 못했다. 지하실로 가는 문에 이르자 몬터규는 삼촌을 문 밑으로 밀어 넣고 자기도 삼촌을 따라 몸을 비틀며 빠져나갔다.

종이봉투를 뒤집어쓴 채 그때까지 떨고 있던 펨이 소리쳤다.

"선상님! 살아 계셨군요!"

몬터규가 종이봉투에서 펨의 보물들을 비우자 펨의 작은 눈이 동그래졌다. 그렇지만 몬터규가 종이봉투를 삼촌의 몸에 침낭처럼 끼우자 펨도 어쩔 수 없다는 듯 한숨을 내쉬었다. 그뿐만 아니라 펨은 반쯤 얼어 버린 무니 삼촌이 카펫도 깔리지 않은 위험한 계단을 잘 내려갈 수 있도록 몬터규를 도와주기까지 했다. 마침내 바닥에 도착하자 몬터규와 펨은 무니 삼촌을 들고 커피 찌꺼기의 흔적을 지나 안전한 하수구로 빠져나갔다.

14장 궁지에 몰린 몬터규

미술관에서 다시 센트럴 파크로 돌아오는 길은 갈 때보다 훨씬 더 오래 걸렸다. 절반은 얼어 버린 삼촌을 양쪽에서 들고 넓어졌다 좁아졌다 하는 하수구를 빠져나가는 일이란 보통 힘든 일이 아니었다. 몬터규와 펨은 몇 발자국도 못 가서 삼촌을 내려놓고 숨을 돌리곤 했다.

가끔 빗물받이 쇠창살을 뚫고 들어오던 햇살은 어느덧 푸르스름한 가로등 불빛으로 바뀌었다. 자정이 가까워 올 무렵 일행은 어느 빗물받이 아래를 지나고 있었다. 무니 삼촌의 다리 쪽을 잡고 가던 펨이 갑자기 비명을 지르며 삼촌을 내려놓고 뒤로 물러섰다. 위에서 발톱을 세운 발 하나가 그들을 향해 다가오고 있었다. 빗물받이 위에 있는 건 뼈만 앙상한 수고양이 한 마리였다.

고양이가 이빨을 드러내며 말했다.

"야아야아—옹, 그놈을 내놔! 난 지금 몹시 배가 고프거든!"

몬터규가 투덜거렸다.

"야아야아라니, 하여간 고양이들은 제멋대로 반말이라니까."

몬터규는 고양이의 말에 그제야 배고픔을 느끼며 펨을 불렀다.

"돌아와요! 저 고양이 발톱은 여기까지 닿지도 못해요."

무니 삼촌이 말했다.

"애야, 그냥 가게 놔두지 그러냐. 너도 그만 가고. 난 여기 혼자 있어도 괜찮다. 여기나 저기나 매한가지 아니겠니?"

몬터규는 삼촌이 점점 더 좋아지고 있었다. 갑자기 몬터규가 삼촌을 내려놓더니 막 뛰어갔다. 하지만 그건 펨을 다시 끌고 오려고 한 것이었다. 곧 몬터규와 펨은 삼촌을 들고 그곳을 빠져나왔다.

몬터규는 잠시 숨을 돌리는 틈을 타 삼촌에게 말했다.

"삼촌, 설마 제가 삼촌을 버리고 떠날 거라고 생각한 건 아니죠?"

무니 삼촌은 한숨만 푹푹 내쉬었다. 다시는 반지를 만들 수 없으리라는 걸 깨달았기 때문이었다. 지하 하수관이 꽤 따뜻했는데도 다리는 풀릴 기미가 전혀 없었던 것이다.

무니 삼촌이 말했다.

"최고로 멋진 작품이다. 바로 미술관 주인이 네 그림을 두고

187

한 말이다, 몬티. 미술관 주인은 사람치고는 좋은 사람이다. 언젠가는 네가 직접 그 사람과 거래를 하게 되었으면 좋겠구나. 네가 미술관 주인에게 받은 돈을 부두 주인에게 주면 모든 쥐들이 행복하게 살 수 있단다. 내가 죽으면 여기 있는 펨이……."

몬터규가 삼촌의 말을 가로막았다.

"죽다니요! 삼촌은 괜찮아질 거예요. 좀 쉬면서 햇볕만 쬐면 돼요! 삼촌, 희망을 버리지 마세요. 해가 뜨기 전까지는 공원으로 모셔 갈게요."

"부모님이 많이 걱정할 텐데. 난 펨하고 여기 있을 테니 어서 집에 가서 네가 무사하다는 걸 알려 드리는 게 어떻겠냐?"

몬터규는 코웃음을 치며 말했다.

"엄마, 아빠는 저 같은 건 안중에도 없어요. 아빠는 성에만 정신이 팔려 있고, 엄마는 모자에만 관심이 있어요. 아빠는 내게 잘 잤느냐고 따뜻한 인사 한 번 건넨 적이 없다고요. 엄마는 깃털과 딸기만 있으면 되죠."

몬터규는 삼촌의 지저분한 머리를 어루만지면서 말했다.

"이제부턴 삼촌이 내 가족이에요. 알았죠?"

무니 삼촌이 말했다.

"몬티, 넌 네 부모님이 얼마나 소중한 분들인지 모르고 있구나. 하긴 젊을 때는 다 그렇지. 게다가 날 너무 높이 사고 있어.

188

이 앞발 좀 봐라. 이제 더 이상 반지도 못 만들게 돼 버렸어."

"하지만 삼촌은 저를 위해서 목숨까지 거셨잖아요! 아무도 저에게 그런 일을 해 주지 않았어요."

"글쎄, 그럴까? 럼블리랫 양이던가, 그 아가씨도 있었는데."

"그 아가씨는 자기 부두를 구하기 위해서 그런 거죠."

"흠, 과연 그게 다일까?"

"당연하죠. 준비됐어요, 펨?"

펨이 끙 소리를 내며 엉덩이를 들었다.

"됐습니다요."

새벽녘이 되어서야 그들은 호수 옆 월계수 아래에 이르렀다. 몬터규와 펨은 나무 밑동에 깔려 있는 나뭇잎 위에 눕자마자 곯아떨어졌다. 몬터규와 펨이 부족한 잠을 자는 사이 무니 삼촌은 잔잔한 물결 너머로 창백한 은빛을 던지는 보름달을 바라보았다. 둥근 달은 아직 남쪽 하늘에 걸려 있었다. 호수는 사랑하는 엘리자베스를 생각나게 했다. 틀림없이 어딘가 낯선 섬을 여행하고 있겠지. 조개껍데기를 들고 와서 미술관 주인에게 같이 가자던 그 젊은 아가씨도 어딘가 엘리자베스와 닮은 구석이 있었다. 아니, 적어도 엘리자베스가 젊었을 적 모습을 생각나게 했다. 그 아가씨 이름이 뭐였더라? 스털블리랫? 점블리랫? 무니는 이름이 생각나지 않자 낙담하여 혼잣말을 했다.

1 8 9

"늙긴 늙었군. 늙고 춥고. '늙고 춥고'라. 흠, 무슨 노랫말 같군그래."

조금만 더 크게 혼잣말을 했더라면 얼마나 좋았을까! 기꺼이 자기 이름을 제대로 알려 줄 이자벨이 불과 2미터도 떨어지지 않은 곳에 있었는데. 이자벨은 바로 승마 길 건너편 소귀나무들 아래를 뒤지고 있었다. 월계수에는 딸기 같은 건 열리지 않았다. 그러니 몬터규와 처음 만났을 때 본 몬터규의 불룩한 볼을 기억하고 있는 이자벨은 딸기 비슷한 열매가 열리는 곳만 찾아 돌아다니고 있었다. 밤새 공원 이곳저곳을 찾아 헤매느라 이자벨은 지칠 대로 지쳐 있었다. 쓰레기통에서 빠져나온 뒤로 잠시도 쉬지 못한 이자벨의 눈은 흐리멍덩해져 있었고 금방이라도 쓰러질 것처럼 지쳐 있었다.

왜 우리는 아이를 갖지 않았을까. 무니 삼촌은 밝아 오는 햇빛에 힘을 잃고 있는 달빛을 바라보며 생각했다. 점점 햇살이 밝아 오자 그늘 쪽으로 고개를 돌린 무니의 눈에 자고 있는 조카가 들어왔다. 그래, 이번 일로 적어도 조카를 만나게 되었으니 잘된 일이지. 자기와 이름이 같은 조카. 그때 솟는 느낌은 반지를 만들었을 때와는 다른 새로운 기쁨이었다.

한낮이 되어 볕이 따가워지자 몬터규와 펨이 눈을 떴다. 펨은 귀에 들어간 나뭇잎 조각을 잡아 빼며 투덜거렸다. 몬터규는 삼

촌이 좀 괜찮은지 물어보았다.

무니 삼촌이 말했다.

"난 어느 곳이건 다 마찬가지라고 여겼지. 엘리자베스는 그런 내가 이상하다고 늘 생각했고 말이야. 그런데 이곳은 다르군. 아주 멋진 곳이야. 경치도 그만이고."

"다리를 전혀 못 움직이겠어요?"

"흠, 그렇구나. 덥기는 한데."

몬터규는 갑자기 생각이 난 듯 소리를 질렀다.

"뭐가 필요한지 이제야 알았어요. 바로 먹을 거예요!"

몬터규는 삼촌의 몸에서 종이봉투를 벗겨 주며 계속 말했다.

"가서 먹을 것을 좀 찾아와야겠어요. 그러고 보니 저도 배가 고픈데요."

무니 삼촌이 무덤덤하게 말했다.

"음식이라. 여보게, 펨, 민들레 밭에 좀 다녀오지 않겠나?"

펨이 대답했다.

"돈이 없습니다요, 선상님. 우린 땡전 한 푼 없다고요. 망했습니다요, 망했어요. 술을 외상으로 팔진 않는다고요."

몬터규가 밝은 목소리로 끼어들었다.

"참, 47센트가 있잖아요!"

펨이 퉁명스럽게 대답했다.

"참, 그렇지. 그걸 쓰면 되겠구먼요."

펨의 그런 태도에 몬터규는 퍼뜩 의심이 일었다. 사실은 펨이 묻어 둔 돈을 잊은 게 아니지 않았나 하는 의심 말이다.

"내가 가서 음식을 구해 올 동안 당신은 술을 사 오도록 해요. 삼촌은 여기서 햇빛만 쬐고 있으면 돼요. 알았죠, 삼촌!"

몬터규는 펨을 따라 바로 옆 덤불 아래로 가서 펨이 동전을 파내서 종이봉투에 던져 넣는 것을 지켜보았다.

펨이 종이봉투를 어깨에 걸어 메면서 중얼거렸다.

"기분이 안 좋아. 선상님이 노래를 한 번도 안 부르다니. 선상님답지 않아. 늘 노래를 달고 다니는 분인데."

"서둘러요! 15분 뒤에 이 자리에서 다시 만나요. 우리가 삼촌을 낫게 할 수 있을 거예요!"

그러고 나서 몬터규는 승마 길 위에 놓인 다리를 건너 소귀나무 사이를 지나갔다. 바로 그날 새벽에 이자벨이 있던 곳이었다. 몬터규는 곧장 가장 맛있는 딸기가 열리는 중앙 잔디밭 옆으로 뛰어갔다. 사실은 곧장 갔다기보다는 늘 다니던 버릇대로 이리저리 돌아서 그곳으로 갔다. 삼촌이 딸기를 좋아하기는 할까? 사실 몬터규도 딸기를 그다지 즐기는 편은 아니었지만 지금은 몹시 배가 고팠다. 몬터규는 딸기나무를 흔들었다. 잘 익은 검은 딸기가 후두둑 떨어졌다. 막 딸기를 주우려고 하는데 뒤에서 소

193

리가 들렸다.

"혹시 몬터규 매드랫 아닌가?"

몬터규는 뒤를 돌아다보았다. 암비둘기 한 마리가 고개를 갸우뚱하며 몬터규를 빤히 바라보고 있었다.

몬터규가 물었다.

"어떻게 내 이름을 알죠?"

"그냥 알아맞힌 거지. 딸기를 좋아한다고 들었거든. 여기서 기다려."

비둘기는 이렇게 말하고 날개를 쫙 펼쳐 딸기나무 위로 날아오르더니 하늘로 사라졌다. 몬터규는 그저 어리둥절할 따름이었다. 며칠 전만 해도 자기 가족들 말고는 몬터규를 아는 쥐는 거의 없었다. 그런데 낯선 비둘기가 자기 이름을 알고 있다니! 잠시 동안 몬터규는 꼼짝도 않고 방금 벌어진 이상한 일을 곰곰이 생각해 보았다. 하지만 그러고 있을 때가 아니었다. 몬터규는 딸기엔 입도 대지 않고 삼촌에게 가져다줄 딸기를 먼저 챙겼다. 금방 기분이 좋아진 몬터규는 다른 딸기나무를 흔들었다. 저렇게 멋있는 삼촌과 이름이 같다니 얼마나 멋진 일인가! 이제는 지저분한 것도 술에 취해 노래를 부르는 것도 모두 다 멋져 보였다. 아야! 이 나무 저 나무를 뛰어다니느라 낮게 자란 나무딸기의 가시에 찔렸지만 그래도 아랑곳하지 않았다. 왼쪽 볼에 딸기 열매를 가득 채우고 나서 오른쪽 볼을 채우려다가 몬터규는 문득 아직도 삼촌에게 용서를 빌지 않았다는 걸 깨달았다. 쥐 총회가 있던 날 하수구에서 있었던 일에 대해서 말이다. 몬터규는 가시에 찔리는 것보다 그때 삼촌에게 등을 돌렸던 기억이 더 아팠다. 당장이라도 삼촌에게 돌아가 용서를 빌고 삼촌에게 안기고 싶어졌다.

마지막 딸기를 막 입에 넣는데 부스럭거리는 소리가 들렸다. 덤불 안으로 들어오는 발자국 소리였다. 젊은 쥐 세 마리가 근처에 있는 키 큰 풀 사이로 고개를 내밀었다.

그 쥐들이 물었다.

"혹시 매드랫?"

몬터규는 옛날 기억이 떠올라 몸을 부르르 떨었다. 또 내 이름과 불룩한 볼을 가지고 놀리려는 거겠지. 풀 사이로 여섯 마리 쥐가 더 고개를 내밀자 몬터규는 얼른 등을 돌려 도망치기 시작했다.

몬터규는 중앙 잔디밭 쪽으로 내달렸다. 거기에선 인간들이 쇠지레로 벽을 뜯어 내는 대신에 방망이를 휘두르며 공을 치고 있었다. 몬터규는 풀이 무성한 들판으로 방향을 바꿨다. 이곳을 빙 둘러 가면 호수가 나온다. 고맙게도 거기엔 사람들이 없었다. 그런데 진짜 아무도 없는 건가? 너무 배가 고픈 나머지 헛것이 보이는 건가? 수많은 검은 점들이 눈앞에서 어른거렸다. 몬터규는 눈을 깜빡였다. 하지만 그 점들은 사라지지 않았다. 그 점들은 점점 다른 모습으로 변했다. 그래, 바로 쥐들이었다. 중앙 잔디밭으로 떼 지어 몰려오는 것은 바로 쥐 떼가 아닌가! 도대체 저 많은 쥐들이 공원에서 뭘 하는 걸까? 더구나 오늘은 토요일인데! 몬터규는 뒤를 돌아보았다. 거기에는 더 많은 쥐들이, 수백 마리의 쥐들이 몰려오고 있는 게 아닌가! 더구나 그 쥐들 모두 몬터규를 향해 다가오고 있었다. 내가 무슨 잘못을 했지? 부르르 떨리는 몬터규의 입에서 절로 비명이 나왔고 입에 물고 있던 딸기는 또다시 뭉그러져 버렸다.

앞뒤에서 쥐 떼가 점점 다가오고 있었다. 어디로 도망을 가야 할까? 몬터규는 주위를 둘러보다가 잔디밭 구석에 서 있는 참나무에 다람쥐 구멍이 뚫려 있는 것을 보았다. 미술관에 있었던 송풍구 높이만큼이나 높은 곳에 뚫려 있었다. 몬터규는 있는 힘껏 달려 악몽 같은 쥐 떼가 몰려들기 전에 가까스로 구멍으로 기어 올라갔다.

운 좋게도 다람쥐 굴은 비어 있었다. 도토리를 모으러 나간 모양이었다. 다람쥐들은 멋진 꼬리를 가졌지만 몬터규는 다람쥐들을 별로 좋아하지 않았다. 그런데 이제 보니 다람쥐들은 매우 깨끗한 동물인 것 같았다. 종이컵이 쓰레기통으로 놓여 있었다. 몬

터규는 다 뭉그러진 딸기를 종이컵 하나에 뱉었다.

몬터규의 털이 곤추섰다. 구멍 바깥에선 무시무시한 목소리들이 점점 커지면서 한목소리를 내고 있었다.

쥐들이 소리를 질렀다.

"그만 태궈, 매드랫!"

도대체 그만 태궈라니, 무슨 뜻인지 알아들을 수 없었지만 차라리 모르는 게 더 나을 듯싶었다. 쥐들이 구멍 안으로 몰려 들어왔다. 몬터규는 방 끝으로 뒷걸음질 쳤다. 고양이에게 쫓기는 쥐처럼 구석으로 내몰린 것이었다. 몬터규는 어쩌면 딸기 즙이

피처럼 보여서 쥐들을 겁줄 수 있을지도 모른다는 생각에 이를 드러내 보였다. 하지만 그들은 점점 가까이 다가왔고 몬터규는 눈을 감고 모든 게 빨리 끝나기만을 기도했다.

15장 펨의 갈등

쥐들이 소리를 지르며 몬터규를 궁지에 몰아넣고 있을 때, 펨 역시 나름대로 골치를 썩고 있었다. 몬터규가 먹을 것을 구하러 갈 때 펨도 같이 호수를 떠나 민들레 밭으로 떠났지만, 펨은 그다지 서두르지 않았다.

펨은 등에 종이봉투를 지고 승마 길을 건너면서 투덜거렸다.

"새벽에야 잠을 자다니. 이게 다 그 늙은 매드랫 탓이야. 밤새도록 들고 다녔잖아. 또 그놈의 조카 때문이야. 그놈이야 젊으니 금세 기운을 차렸지만 난 아니야. 나도 이젠 예전 같지 않다고."

펨은 호수에서 멀리 떨어질수록 아예 떠나고 싶다는 유혹이 커졌다. 세상에, 왜 내가 마지막 남은 47센트로 다리가 다 얼어 버린 더러운 늙은 쥐를 위해 술을 사야 하지? 이제 저 늙은 쥐는 날 위해 해 줄 수 있는 일이 요만큼도 없잖아? 그것은 불 보듯 뻔한 일이었다. 더 이상 반지를 만들지 못하면 이제 장사도 끝장난 것이나 다름없었다. 타고난 장사꾼 쥐가 장사를 하지 않으면 뭘 할 수 있단 말인가. 밤새 하수구를 돌아다니며 온몸의 힘을 다 짜내 늙은이를 날랐는데 결국 내게 돌아온 것이 뭐지? 펨은 이렇게 자신에게 물었다. 이젠 그 대가로 내 돈까지 내놓으라고 하다니!

　펨은 민들레 밭이 있는 남쪽으로 가지 않고 북쪽으로 발길을 돌렸다. 얼마 뒤 펨은 공원 북쪽을 빠져나가고 있었다. 서둘러 인도를 걷던 펨은 인도 옆에 서 있는 차들을 보자 자동차 밑으로 기어들어가 등을 굽히고 걷기 시작했다. 사람들은 차에서 내릴 때 가끔씩 돈을 떨어뜨리기도 했으니까. 한번은 빨간색 비단으로 만든 동전 주머니를 주운 적도 있었는데 그 안에는 10센트짜리 세 개, 5센트짜리 동전 세 개, 1센트짜리가 여섯 개나 있었고, 뭐든지 열 수 있는 곁쇠와 머리핀 뭉치가 들어 있었다. 이제 와서는 그 주머니를 다른 장사꾼 쥐에게 팔아 치운 것이 후회가 되었다. 인디언 얼굴이 새겨진 보기 드문 동전과 바꾼 한 거지만. 펨은 빨간 비단 같은 건 별로 좋아하지 않았지만 그래도 다 낡아빠진 종이봉투보다는 나을 것 같았다. 그때 자동차 뒷바퀴에서 뭔가 반짝이는 걸 발견한 펨은 봉투를 냅다 집어던지고 그쪽으로 달려갔다. 펨이 막 반짝이는 물건을 집으려는데 뭔가 찐득찐득한 것이 등 위로 떨어졌다.

펨은 무엇인지 보려고 고개를 돌렸다. 오, 이럴 수가! 커다란 검은 기름 한 방울이 그대로 펨의 등에 떨어진 것이었다. 하필이면 그 많고 많은 것 중에 자동차 기름이라니! 기름은 핥아 낼 수도 없다. 맛이 너무 끔찍하기 때문이다. 문질러 떼어 낼 수도 없다. 그러면 앞발이 온통 끈적끈적해질 테니까. 게다가 반짝이는 물건은 고작 맥주 깡통에서 떨어진 쇠붙이에 불과했다. 펨은 등을 대고 누워 움직거려 보았다. 그렇게라도 해서 기름을 닦아 낼 셈이었다. 아무리 장사꾼 쥐라지만 더러운 게 좋을 리 없었다. 하지만 도로는 뜨거운 데다 먼지투성이였다. 더 지저분해졌을 뿐이었다.

호숫가에 가서 씻을 수 있었으면. 그러다 문득 이런 생각이 들었다. 까만 기름이 위에서 떨어진 건 천벌의 조짐이 아니었을까. 사실을 말하자면 펨의 전 재산은 봉투에 들어 있는 47센트가 다가 아니었다. 지난 수년 동안 예술가 선생은 펨에게 꽤나 후하게 월급을 주었다. 그것 말고도 펨은 미술관 주인이 반지 값으로 준 돈의 반을 몰래 빼돌려 감추었던 것이다. 그 동전들은 센트럴 파크 안에 백 군데하고도 쉰네 군데나 되는 비밀 장소에 묻혀 있었다.

펨은 아무래도 불쌍한 주정뱅이 노인네에게 술을 가져다줘야겠다고 생각했다. 펨은 봉투를 다시 등에 지고 뛰어서 공원으로 되돌아갔다. 하지만 얼마 지나지 않아 펨의 걸음이 다시 느려졌다. 아무리 천벌의 조짐이 있었다지만 이 47센트를 다 쓴다는 것은 생각만 해도 괴로운 일이었다. 벌써 그 돈에 애착을 가지게 되었는데. 펨은 마로니에나무 옆에 서서 경계의 눈빛으로 주위를 둘러보았다. 가끔 못된 쥐들이 이 근처를 돌아다니기 때문이다. 메뚜기 한 마리조차 보이지 않자 펨은 두 그루의 마로니에나무 사이를 파헤쳤다. 펨은 지난가을에 묻어 둔 17센트를 찾아냈다. 그러고는 봉투에서 3센트를 꺼내서 20센트를 채워 넣었다. 그러면 꽉 찬 숫자가 되어 기억하기도 좋겠지. 20센트를 다시 묻고 땅을 고른 다음 펨은 거기서 그리 멀리 떨어지지 않은 둥근 돌 옆으로 갔다. 펨은 홈이 파인 돌에서 동쪽으로 제 키의 세 배만큼 떨어진 곳의 흙을 파기 시작했다. 색깔이 변한 25센트짜리 동전 두 개가 나왔다. 25센트짜리 동전 하나를 더 보태어 똑같은 동전 세 개를 나란히 묻어 놓고 싶었지만 간신히 참아야 했다. 그 대신 펨은 5센트짜리 동전 하나를 보태어 되묻어 놓는 것으로 만족했다.

펨은 그렇게 대여섯 군데를 더 들러서 숨긴 재산을 늘려 놓았다. 펨은 마음이 흐뭇했다. 공원 남쪽에 있는 민들레 밭에 이르렀을 때 펨의 종이봉투에는 25센트짜리, 5센트짜리, 1센트짜리 동전이 각각 하나씩밖에 남아 있지 않았다. 47센트가 31센트로 준 것이다. 민들레 술을 만드는 일은 주로 들쥐들의 몫이었다. 작고 부지런한 들쥐들은 돈에는 별 관심도 없는 무리였다. 그저 술 만드는 일이 좋고 저녁마다 거나하게 취하는 것이 좋아서 이 일을 할 뿐이었다. 그들의 술을 판매해 주는 대리인은 우연찮게 도 펨의 육촌뻘 되는 장사꾼 쥐였다. 그 쥐는 악랄하기 짝이 없 는 데다 들쥐들을 자기 멋대로 주무르고 있었다. 들쥐들은 안약 병이라면 사족을 못 썼는데 안약 병도 그 육촌이 대고 있었다. 그래도 펨은 26센트밖에 없다고 박박 우겨서 교활한 육촌에게서 5센트를 남겼다.

16장 위대한 몬터규

　그러나 불쌍한 몬터규에게는 단 한 푼도 없었다. 중앙 잔디밭 옆 다람쥐 구멍 안에 움츠리고 있는 몬터규가 피에 굶주린 쥐들에게 줄 수 있는 건 달랑 자기 몸뚱이밖에 없었던 것이다. 쥐들이 점점 다가오자 몬터규는 앞발로 얼굴을 가려 버렸다.

　하지만 쥐들은 몸뚱이를 찢어 버리기는커녕 몬터규를 높이 들어올려 다람쥐 굴 입구로 데려갔다. 다들 보는 앞에서 나를 괴롭힐 작정인가? 몬터규는 의아해서 눈을 슬쩍 떠 보았다. 저 멀리서 인간들이 허둥지둥 도망가는 게 보였다. 바로 앞에는 회색 쥐들의 거대한 물결이 중앙 잔디밭을 반이나 덮고 있었다. 쥐 총회 때보다 훨씬 더 많은 수였다.

　몬터규의 모습이 나타나자 그 쥐들은 엄청난 함성을 내질렀다. 곧 그 함성은 하나의 목소리로 바뀌었다. 이번에는 그 목소리가 또렷이 들렸다. 그건 "그만 태워, 매드랫!"이 아니라 "몬터규 매드랫!"이었다. 쥐들은 한목소리로 자꾸자꾸 몬터규의 이름을 외쳤다. 몬터규의 눈이 휘둥그레졌다. 수많은 쥐들은 자기를 괴롭히지도 않았고 자기 이름을 놀리지도 않았다. 그들은 존경 어린 눈초리로 몬터규의 이름을 쉴 새 없이 외쳤고 그 소리가 하늘에 멀리멀리 울려 퍼지고 있었다.

'이젠 살았구나!' 하고 안심이 되는 한편 갑작스러운 관심에 몬터규는 수줍어서 어쩔 줄을 몰랐다. 몬터규가 환호 소리를 멈추게 하려고 고개를 흔들며 앞발을 내저었지만 환호성은 더 커지기만 했다. 마치 답례로 앞발을 흔드는 것처럼 보였기 때문이다. 몬터규는 옆에 서 있는 쥐에게 고개를 돌려 그 쥐의 귀에 주둥이를 바짝 갖다 대고는 목청껏 소리를 질러 도대체 무슨 일인지 물어보았다.

"내 이름을 어떻게 알고들 있는 거예요?"

그 쥐가 기뻐 들뜬 목소리로 대답했다.

"모두가 당신을 찾고 있었어요! 비둘기들이 도와줬죠. 생쥐들도 도왔고. 모두가 애를 태우며 당신을 찾고 있었다고요. 만세!"

그러자 다른 쥐들이 대꾸라도 하듯 외쳤다.

"몬터규 매드랫 만세! 우리를 살렸다!"

몬터규가 다시 물었다.

"우리를 살렸다고? 그게 무슨 뜻이죠?"

가까이에 있던 쥐가 소리쳤다.

"당신이 그린 조개껍데기 그림으로 번 돈 말이에요! 어젯밤에 새 부두 주인이 빗물 통에서 동전들하고 당신 돈을 가져간 다음에 독약이 싹 사라졌죠. 이제 계속 우리 집에서 살 수 있게 됐어요! 만세!"

다른 쥐들도 따라 외쳤다.

"몬터규 만세!"

마치 오래된 친한 친구라도 되는 양 수많은 쥐들이 몬터규를 향해 앞발을 흔들어 댔다. 몬터규는 점차 수줍음에서 벗어났다. 이런 것이야말로 자기의 꿈이 아니었던가! 아니 꿈꾸었던 것보다 훨씬 더 나았다. 몬터규는 머뭇거리며 오른 앞발을 들어 다정하게 흔들어 보았다. 쥐들의 함성이 더 커졌다. 몬터규가 살짝 미소를 던졌다. 그러자 쥐들은 더 흥분해서 꽥꽥 소리를 지르며 발을 쿵쿵 굴렀다. 쥐들은 제정신이 아니었고, 주위는 모두 아수라장이 되었다.

이 함성은 오후 내내 계속될 것 같았다. 그때 나이가 들어 보이는 살찐 쥐 세 마리가 나무를 기어 올라와 몬터규 옆에 섰다. 정치를 맡고 있는 이 쥐들은 군중을 다루는 데는 전문가들이었다. 이들이 오만하게 몇 번 몸짓을 하자 군중은 간신히 평정을 되찾았다. 그 셋은 서로 몬터규 옆에 서려고 애를 썼지만 다람쥐

구멍 입구엔 몬터규 말고는 두 마리밖에 더 설 자리가 없었다.
결국 제일 뚱뚱한 쥐는 밖으로 떠밀려 군중들 속으로 거꾸로 떨
어지고 말았다.

둘 중에서 목소리가 큰 쥐가 우렁차게 외쳤다.

"위대한 몬터규를 소개합니다!"

그러자 공원이 떠나갈 듯한 박수 소리가 울려 퍼졌다. 몬터규
는 웃으며 앞발을 흔들었다. 곧 몬터규는 자기가 웃음을 보내기
만 하면 아가씨 쥐들이 까무러친다는 걸 알아냈다. 그 다음에 몬
터규가 웃었을 때는 십여 마리의 아가씨 쥐들이 까무러쳤다.

박수가 끝날 즈음 군중들이 옆으로 비켜서더니 반짝거리는 꾸러미를 든 쥐에게 길을 내주었다. 쥐들이 이 쥐를 다람쥐 구멍 입구로 들어올리자 거기에 서 있던 두 마리 쥐가 공손하게 뒤로 물러났다.

　　그 쥐는 다름 아닌 휴 모벌리랫이었다.

　　모벌리랫 씨가 몬터규의 어깨에 앞발을 얹으며 카랑카랑한 목소리로 외쳤다.

　　"여러분! 친애하는 쥐 시민 여러분! 제 딸의 도움으로, 지금 제 딸은 밤새도록 이 친구를 찾아다니느라 극도로 지쳐서 의식을 잃은 상태이지만……, 다시 말해서 지금 집에 쓰러져 있는 제 사랑스러운 딸의 도움으로, 우리는 이 아름답고 푸른 공원의 딸기 밭에서 우리를 구한 이 젊은이를 찾아냈습니다!"

　　환호 소리가 이어졌다. 곧 모벌리랫 씨의 째지는 듯한 목소리가 환호 소리를 갈랐다.

　　"저는 얼마나 기쁜지 모르겠습니다. 이렇게 진정한 예술가 옆에 서는 영광을 갖다니, 얼마나 떨리는지 모릅니다. 이 젊은이의 대단히 뛰어난 예술 작품 덕분에, 누구든 척 보기만 하면 넋을 잃을 정도로 빼어난 재능 덕분에, 더 이상 말이 필요 없는 이 젊은 천재 덕분에 우리들의 부두가 살아났습니다!"

　　모두들 일어서서 환호하며 박수를 보냈다.

모벌리랫 씨는 몬터규의 어깨를 열렬히 두드리며 다시 연설을 시작했다.

"이 젊은이에게 우리가 어떻게 감사를 해야 할까요? 여기 이 진정한 천재에게 어떻게 경의를 표해야 하겠습니까? 유감스럽지만, 인간들은 우리 쥐들이 이렇게 많이 공원에 모인 걸 못마땅하게 생각하는 것 같습니다. 그러니, 여러분, 자리를 62번 부두로 옮겨 거기에서 위대한 몬터규에게 정식으로 감사의 마음을 전하도록 합시다."

군중들이 답례를 했다.

"만세! 위대한 몬터규 만세!"

62번 부두라니! 몬터규는 기쁨에 젖었다. 어쩌면 우리가 거기에 도착할 때쯤엔 이자벨이 일어나서 내 얼굴에 입을 맞춰 줄지도 모른다. 처음 만났을 때처럼! 몬터규는 미리 주둥이에 묻어 있는 딸기 즙을 닦아 냈다. 몬터규가 주둥이를 닦아 내고 앞발을 다시 흔들어 보이자 흥분한 군중들은 쉬지 않고 "위대한 몬터규!"를 외쳐 댔다.

17장 마지막 부탁

　마침내 호숫가 월계수 아래로 돌아온 펨은 몬터규가 아직 돌아오지 않은 걸 보고 적잖이 놀랐다. 무척 우울해 보이던 늙은 예술가 양반은 술이 들어가자 조금 생기를 찾는 듯했다. 술을 몇 모금 주고 나서 펨은 둑을 타고 호수로 내려가 등에 묻은 기름을 닦아 냈다. 펨은 다 씻고 올라와 몸을 털어 말렸다. 그러고는 옛 동료에게 돌아와서 술을 더 먹여 주며 술맛이 어떠냐고 공손하게 물었다.

　무니 삼촌이 짐짓 밝은 목소리로 대답했다.

　"최고야, 펨. 술을 가져다주어서 정말 고맙네. 다시는 못 볼 줄 알았는데."

　화가 난 펨은 잠긴 목소리를 내려고 캑캑거리다가 말했다.

　"뭐라고요! 제가 선상님을 버리고 도망칠 거라고 생각했습니까?"

"난 그저 자네가 나 같은 건 이제 지겨워한다고 생각한 것뿐이네. 사실 자네는 동물원 아래 연기로 꽉 찬 하수구 안에서 내 노랫소리에 갇혀 몇 년을 보내지 않았나."

"저도 그 노래에 한몫을 한겁니다요. 늙은 장사꾼 쥐의 걸걸한 목소리로 말입죠. 우리 지금 한 곡 불러 볼깝쇼?"

"미안하네, 펨. 지금은 도저히 부를 수가 없네. 그런데……."

"그런데 뭡니까요, 선상님?"

"자네를 더 이상 괴롭힐 생각은 없네만, 자네가 지난 며칠 동안 내게 해 준 일을 생각하면 말일세. 그래도 마지막으로 한 가지만 내 작은 부탁을 좀 들어주겠나?"

펨은 마지막이라는 말에 흐뭇해져서 얼른 대답했다.

"말씀만 하십쇼, 선상님."

"가서 내 조카 몬티를 좀 찾아보게나. 그 녀석에게 꼭 주고 싶은 게 있어."

"하지만 조카님은 금방 돌아올 텐뎁쇼? 아직 안 돌아온 게 이상하기는 하지만. 어쨌든 먹을 것만 좀 찾으러 간 거 아닙니까요."

"그래, 나도 알아, 펨. 나도 알아. 난 사실 배가 고프지도 않다네. 어서 가서 내 조카 좀 데리고 오게나."

"알겠습니다요. 한 모금 더 드실래요?"

211

"고맙네, 펨. 정말 고마워, 친구."

술이 들어가자 몸속에 온기가 쫙 퍼졌다. 펨이 가 버리자 무니는 맘속으로 꼭 한 번만 더 이 아름다운 호수 위로 떠오르는 달을 보고 싶다고 간절히 빌었다. 신비스럽게 흐르는 호수를 바라보고 있노라니 무니는 엘리자베스가 왜 그토록 바다 여행을 좋아하는지 이해할 수 있을 것 같았다. 얼마나 좁은 세상에서 살아왔는가! 자신의 인생이 후회스러웠다. 무니는 자꾸 감기는 눈을 막을 힘이 없었다. 그래도 눈이 감길 때마다 보이는 건 흐르는 물이 아니라 반지였다. 햇살을 닮은 금반지, 달빛을 닮은 은반지. 바로 자기가 직접 만든 반지들. 어떻게 보면 며칠 굶은 게 차라리 잘된 일이었다. 꼬리가 약간 여위었으니 반지가 잘 빠지겠지. 몬터규가 어서 와야 할 텐데. 무니는 몸을 부르르 떨었다. 나무 그늘이 무니의 몸 위로 점점 드리워지고 있었다. 갑자기 몸이 다시 송풍구로 되돌아간 것 같았다. 차가운 냉기가 등을 따라 흐르고 다리 아래로는 얼음장 같은 바닥이 느껴졌다.

"선상님? 일어나세요, 선상님!"

나를 찌르는 게 빗자루인가? 무거운 눈꺼풀을 억지로 들어올리니 흐릿한 노란 눈이 보였다. 펨이구나. 참, 여긴 공원이고 몬터규를 기다리는 중이었지.

정신이 든 무니 삼촌이 중얼거렸다.

"벌써 돌아왔나?"

흥분한 펨이 쉰 목소리로 말했다.

"조카님을 봤습니다요, 선상님. 그런데 근처에도 갈 수 없지 뭡니까요! 조카님은 나무 구멍 안에 있었는뎁쇼, 그 주위엔 한 백만 마리쯤 되는 쥐들이 모여 있지 뭡니까요. 조카님은 앞발을 흔들고 있고 떼거리로 모인 쥐들은 들입다 뛰고 만세를 부르며 야단법석이었습죠. 내일 따위는 없다는 듯이 말입니다요. 선상님이 움직일 수만 있다면 제가 당장 보여 드릴 텐데!"

무니 삼촌이 나직이 중얼거렸다.

"내일 따위는 없다는 듯이."

무니 삼촌은 웃으며 생각했다. 어쩌면 그게 내가 주려고 한 선물보다 나은 것일지도 몰라. 무니 삼촌은 들릴락 말락 하게 "정말 잘됐군." 하고 덧붙였다.

"잘됐다고요, 선상님? 태어나서 그런 난리는 처음 봤다고요! 제가 백만이라고 했습니까요? 아마 이백만은 될걸요. 쥐 이백만 마리가 소리를 꽥꽥 질러 대고 있었습니다요. 모두들 미친 것 같았습죠. 제가 한 번 모시고 가 볼깝쇼? 여기서 멀지도 않습니다요. 저 커다란 잔디밭 너머입죠. 선상님? 선상님, 눈 좀 떠 보세요. 어서요."

18장 삼촌의 죽음

　몬터규는 수많은 앞발에 들려 다람쥐 구멍에서 내려왔다. 그러나 몬터규의 발은 땅에 닿지 않았다. 쥐들이 몬터규를 들고 공원 남쪽으로 걸어갔기 때문이었다. 몬터규 뒤에는 거대한 쥐들의 파도가 뒤따랐다. 이 모습에 롤러스케이트나 스케이트보드를 타던 인간들은 갑자기 멈춰 서느라 비명을 지르며 나동그라졌고, 유모차를 끌고 가던 여자들은 뒤로 돌아 도망치기에 바빴다. 하지만 행렬의 맨 앞에 높이 들려 가는 몬터규는 더할 나위 없이 행복했다. 그냥 재미 삼아 그린 조개껍데기 그림이 이런 행운을 가져다줄 줄이야! 이 공원을 지날 때면 혹시 남이 볼세라 늘 나무 그늘 아래나 의자 밑으로 이리저리 숨어 다니곤 했는데! 그런데 지금은 모든 쥐들이 서로 자기의 모습을 보려고 애쓰고 있다니. 바로 위대한 몬터규를 보려고!

　이제 들려 가는 게 익숙해진 몬터규는 자기를 받치고 있는 수

많은 앞발에 기대어 누워 경치를 감상했다. 몬터규는 하늘을 바라보았다. 나뭇잎 사이로 늦은 오후의 무르익은 햇살이 쏟아졌다. 나뭇잎들은 움직이지 않았지만 몬터규의 등 뒤에선 요란하게 바스락거리는 나뭇잎들처럼 환호 소리가 이어졌다.

"몬터규 만세! 위대한 조개 그림 예술가!"

몬터규는 몸을 돌려 환호 소리에 답하려고 앞발을 흔들고 웃어 보였다. 행렬은 연못 옆을 지나고 있었다. 연못 역시 비스듬한 오후의 햇살을 받아 황금색으로 반짝거렸다. 마치 햇살로 만든 황금색 비가 하루 종일 내려 커다란 웅덩이에 그 비를 담아 놓은 것 같았다.

"……젊은 천재다!"

몬터규는 환호에 또 한 번 앞발을 흔들어 답하고 느긋하게 앞을 바라보았다. 저렇게 아름다울 수가! 풀밭마저 황금색으로 물들다니! 하지만 행렬이 좀 더 가까이 가자 몬터규는 자기가 잘못 봤다는 것을 깨달았다. 그건 황금색 풀밭이 아니라 작고 노란 꽃들로 뒤덮인 밭이었다. 바로 민들레였다.

"몬터규 만세! 우리의 구세주!"

갑자기 등을 받치고 있는 앞발들이 자기를 꼬집는 것 같았다. 민들레…….

"우리의 구세주!"

몬터규는 잠시 머뭇거렸다. 민들레 술! 무니 삼촌! 맞아! 부두를 구한 건 내가 아니라 바로 무니 삼촌이야! 어떻게 그걸 잊고 있을 정도로 넋이 나가 있었단 말인가! 먹을 걸 구해 가기로 했었는데.

몬터규는 몸을 비틀면서 소리쳤다.

"잠깐만요! 나 좀 내려 줘요! 뭔가 오해가 있었어요! 여러분이 찾고 있는 건 내가 아니에요. 뭔가 잘못됐다고요!"

갑자기 행렬이 멈춰 섰다. 그래도 맨 앞에 서서 가던 쥐들은 몬터규를 내려놓지 않았다. 그중 하나가 물었다.

"당신이 몬터규 매드랫 맞잖아요."

"네, 맞아요. 하지만……."

다른 쥐가 물었다.

"당신이 조개껍데기에 그림을 그린 거 맞잖아요."

"그건 그렇죠. 내가 그렸죠. 그런데……."

쥐들이 말했다.

"그럼 아무것도 잘못된 게 없네! 당신이 우리들의 구세주라오!"

몬터규가 날카롭게 소리를 질렀다.

"그렇지만 돈을 가져온 건 내가 아니라고요! 나는 리틀 몬터규 매드랫이에요. 진짜 영웅은 우리 삼촌이라고요. 혹시 먹을 것

가진 분 없어요?"

모벌리랫 씨가 반짝거리는 꾸러미의 냄새를 맡아 보면서 말했다.

"아내가 치즈를 싸 준 것 같은데. 체다 치즈구면. 냄새가 톡 쏘는 걸 보니. 몬터규, 자네 배고픈가?"

몬터규는 몸을 웅크렸다가 땅으로 뛰어 내려왔다.

행렬 앞으로 내려선 몬터규가 외쳤다.

"장관님, 저랑 같이 가세요! 어서요! 서두르세요!"

몬터규는 달리기 시작했다. 왔던 길을 거슬러 중앙 잔디밭을 지나. 보통 때 같았으면 몬터규는 빽빽한 가시나무 덤불을 빙 돌아서 갔겠지만 지금은 자기 자신에게 너무 화가 난 나머지 덤불 속을 그대로 달렸다. 보통 때 같았으면 승마 길 위에 놓인 다리를 건넜겠지만 지금은 대담하게도 탁 트인 경주로로 곧장 달려 갔다. 그래도 경주로를 따라 달리던 말들은 몬터규의 털끝 하나도 건드리지 못했다. 모벌리랫 씨뿐만 아니라 수많은 쥐들의 행렬이 몬터규를 뒤따르고 있었기 때문이었다. 보통 때처럼 두세 마리가 아니라 수천 마리의 쥐 떼가 몰려오는 것을 보고 말들은 자기 주인들을 태우고 뒤로 내빼느라 정신이 없었다.

허겁지겁 둑을 올라온 몬터규는 월계수 아래까지 쉬지 않고 달려와서 멈춰 섰다. 몬터규가 갑자기 멈추는 바람에 뒤따라 오던 쥐들이 미처 서지 못하고 서로 부딪쳐 넘어졌다. 그래도 이 쥐들은 모두 젊은 쥐들이었다. 모벌리랫 씨처럼 나이 든 쥐들은 헉헉거리며 아직도 둑을 올라오고 있었다.

몬터규가 나무 아래를 가리키며 외쳤다.

"저기 여러분의 영웅이 계세요!"

나이에 비해 좀 뻣뻣한 수염을 기른 젊은 쥐가 무니 삼촌을 찔러 보더니 말했다.

"이 더러운 노인네가?"

그 젊은 쥐가 옆에 있던 안약 병을 코에 대고 킁킁거렸다.

"이런, 완전히 술에 절었잖아."

몬터규가 삼촌을 감싸며 말했다.

"삼촌은 더러운 노인네가 아니에요!"

몇몇 쥐들이 키득거렸다.

"저자가 우리들의 구세주라고?"

"설마, 말도 안 돼!"

몬터규는 그 말을 한 쥐를 무섭게 돌아보며 반박했다.

"삼촌은 당신네들 부두를 구하려다가 거의 얼어 죽을 뻔했다고요!"

뻣뻣한 수염이 말했다.

"거의 죽을 뻔했다고? 하지만 술에 취한 것도 아니고 죽은 것 같은데."

"아니에요. 밤새 한 잠도 못 자서 지금 자고 있는 것뿐이에요."

몬터큐는 군중을 뚫고 모벌리랫 씨가 다가오는 것을 보고 안도의 한숨을 내쉬며 말했다.

"장관님, 치즈 좀 주세요."

모벌리랫 씨는 숨이 턱까지 차서 헉헉거리며 꾸러미를 내밀었다. 몬터큐는 그 안에서 톡 쏘는 냄새가 나는 체다 치즈를 꺼내 삼촌의 코 밑에 갖다 댔다.

몬터큐가 달래듯 삼촌에게 말했다.

"무니 삼촌, 먹을 걸 가져왔어요. 어서 눈을 떠 보세요."

무니 삼촌은 꼼짝도 하지 않았다. 그제야 무니 삼촌이 그늘에 누워 있는 것을 보고 몬터큐는 깜짝 놀랐다. 도대체 얼마 동안이나 그 다람쥐 구멍에서 웃으며 앞발을 흔들어 대고 있었단 말인가!

"펨! 어서 나와요. 당장 삼촌을 햇볕으로 같이 옮겨야 해요!"

민들레 술이 있는 것으로 보아 펨이 어딘가 근처에 있을 것 같았지만 아무런 대답이 없었다.

그제야 숨을 돌린 모벌리랫 씨가 카랑카랑한 목소리로 말했다.

"여기 어디 의사 없소?"

그러자 쥐 하나가 구경꾼들을 뚫고 나왔다. 몬터규는 술병을 잡고 삼촌의 입을 벌려 황금빛 술을 부어 넣었다. 술은 밖으로 질질 흐를 뿐이었다. 삼촌의 눈꺼풀은 움직일 생각도 하지 않았다.

의사가 몬터규를 끌어내며 말했다.

"자, 젊은이. 그런 건 도움이 안 되네."

모벌리랫 씨도 무니 삼촌을 보러 가까이 다가왔다. 모벌리랫 씨는 몸을 가까이 대고 숨소리가 나는지 들어 봤다.

모벌리랫 씨가 깜짝 놀라며 외쳤다.

"이럴 수가! 뭐라고 중얼거리고 있어!"

몬터규가 의사를 홱 밀어제치며 큰 소리로 말했다.

"말한다고요? 뭐라고요?"

"꼭 '잘됐군.' 하고 말하는 것 같았네."

의사가 무니 삼촌의 가슴에 귀를 바짝 갖다 댔다.

"글쎄요. 벌써 죽었는데요."

"하지만 분명히 들었는데."

의사가 딱 잘라 말했다.

"바람 소리였을 겁니다."

그때 정말로 한바탕 바람이 일어 호수를 가로지르더니 월계수 이파리들을 와스스 흔들어 댔다. 몬터규는 갑자기 몸서리가 쳐졌다.

모벌리랫 씨가 고개를 끄덕이며 말했다.

"어쩌면 자네 말이 맞겠군. 죽으면서 '잘됐다'고 말하는 사람은 없겠지. 자, 자, 몬터규. 자네 삼촌은 영웅 대접을 받아 묻힐 걸세. 바로 여기 월계수 아래가 딱 좋겠군. 아주 적당한 곳이야."

다른 쥐들이 몬터규를 데려가려 했지만 몬터규는 필사적으로 삼촌의 꼬리를 붙잡고 놓지 않으려 했다. 다른 쥐들이 뭐라 말하고 있었지만 몬터규는 아무 소리도 들을 수 없었다. 몬터규의 귀에는 바람 소리와 이상하리만큼 크게 울리고 있는 맥박 소리밖에 들리지 않았다. 그런 건 아무래도 괜찮았다. 아, 삼촌 꼬리가 돌처럼 차갑구나, 어, 그런데 반지가 없다! 그럼 삼촌이 아닐지도 몰라!

혹시 미술관에서 도망쳐 나올 때 빠졌더라도 반지가 끼어 있었던 흔적은 있어야 하지 않은가!

몬터규는 마음을 가라앉히고 삼촌의 얼굴을 빤히 들여다보았다. 틀림없는 삼촌이었다. 지난날 자기가 역겨워하며 등을 돌렸던 바로 그 얼굴이었다. 차츰 바람이 잠잠해지더니 나뭇잎들도 노래를 기다리는 청중들처럼 조용해졌다.

뻣뻣한 수염이 말했다.

"이봐요, 우리한테 뭐라고 하지 마요."

몬터규는 자기 주위에 빙 둘러 서 있는 낯선 얼굴들을 멍하니 바라보았다. 그 쥐들은 몬터규의 앞발에서 삼촌의 꼬리를 억지로 떼어 놓았다. 저 쥐들은 왜 땅에 구덩이를 파는 걸까?

나이가 지긋한 쥐가 말했다.

"이보게, 이제 이리로 오게나. 자네는 모든 쥐들의 용감한 모범이 되어야 하네. 자네는 위대한 몬터규 아닌가."

몬터규는 안간힘을 다해 기어가서 무니 삼촌의 지저분한 털에 자기의 젖은 얼굴을 파묻었다. 하지만 억센 앞발들이 몬터규를 끌어내어 둑으로 데리고 갔다. 몬터규는 목을 쑥 빼고 필사적으로 펨을 찾아보았다. 몬터규는 "펨, 어서 나와서 이들에게 말해 줘요. 삼촌이 바로 위대한 몬터규라고!" 하고 소리치려고 애썼다. 하지만 몬터규의 몸은 다른 앞발들에 이끌려 무수한 쥐들이 모여 있는 곳으로 옮겨졌다. 몬터규가 나타나자 쥐들은 커다랗게 환호성을 질렀다. 몬터규의 목소리는 그 소리를 이길 만큼 크지 못했다. 사실 목소리는 몬터규의 목구멍에 갇혀 있었다. 아니 어쩌면 몬터규의 가슴속에 갇혀 있었는지도 모르겠다. 몬터규의 입 밖으로 나온 소리는 흐느낌뿐이었다. 몬터규는 마치 어린아이처럼 목이 메어 울고 있었다. 전혀 영웅답지 않게……

19장 떠나는 펨

　그러는 동안 펨은 이 킬로미터도 더 떨어진 센트럴 파크 동물원 옆 장미 꽃밭을 지나고 있었다. 장미꽃 위에서 꽃잎을 갉아 먹고 있던 딱정벌레에겐 낡아 빠진 종이봉투가 땅에 부딪치며 움직이는 것밖에 보이지 않았지만, 펨은 그 밑에 있었다. 종이봉투에는 5센트짜리 동전이 들어 있었다. 민들레 밭에서 교활한 육촌으로부터 지켜 낸 동전이었다. 그 동전은 또한 호숫가 나무 밑에서 펨이 떠날 수 있게 도와준 동전이기도 했다. 늙은 예술가 선생을 흔들어 깨우다가 지친 펨은 그의 오랜 사업 동반자의 허예진 코에 동전을 갖다 대보았다. 그 동전에 김이 서리지 않자 펨은 그 늙은 예술가 곁을 떠났다. 그건 더 이상 숨을 쉬지 않는다는 뜻이었으니까.

　펨이 투덜거렸다.

　"웃기는군. 어떻게 된 게 여긴 동전이 하나도 없는 거야."

펨은 종이봉투 아래에서 왼쪽 오른쪽을 살펴보며 기어갔다.

"누군가 나보다 먼저 이곳을 지나간 게로군. 에이, 망할 자식 같으니. 제기랄! 새 둥지에 간신히 오르자마자 멍텅구리 새가 돌아온 격이로군. 어디 보자. 저기 흰 돌 뒤에 22센트를 숨겨 놨지……. 나를 이 꼴로 만들어 놓다니. '내일이 없는 것 같다'는 말은 딱 나를 두고 한 말이었구면……. 뭐? '그거 잘됐다'고? 마지막 말이 잘됐단 말이었던가? 내 얘긴 절대 아니구면. 하긴 누가 나 같은 걸 생각이라도 해 주었나? 예술가 선생의 관심은 오로지 반지 아니면 눈물 질질 나는 사랑 노래밖에 없었잖아. 흠, 저기 새들 목욕통 아래에 35센트를 묻어 놨지. 거기에 5센트를 더하면 40센트네……. 이런 제기랄. 선생은 벌써 삼십 분 전에 가 버렸고 난 이렇게 혼자서 떠들어 대고 있네! 짝, 참 좋은 거지. 있을 때는 말이야. 사실 톡 털어놓고 말하자면 난 그다지 얻은 것도 없어. 내가 응당 받아야 할 몫의 반도 못 찾아 먹었다고. 몇 년 동안이나 내가 장사를 대신해 주었는데 말이야……. 이런!"

장미 가시가 종이봉투를 잡아채는 바람에 펨의 모습이 잠깐 드러났다. 바로 그때 장미 꽃잎 위에서 느긋하게 쉬고 있던 통통한 무당벌레는 우연히 아래를 내려다보았다. 무당벌레는 아래를 뚫어져라 보았다. 거기엔 흔히 볼 수 없는 진귀한 모습이 보였기

때문이었다. 약삭빠른 노란 눈을 한 초라한 장사꾼 쥐의 꼬리에
아름다운 장식이 새겨진 은반지가 반짝거리고 있었다.

20장 사경을 헤매다

하수구는 여느 때보다 더 연기가 심했다. 깡통 밑에선 불이 활활 타오르고 있었고 매드랫 부인은 깃털을 물감에 담그느라 여념이 없었다. 어린 쥐들은 싸움질을 하고 있었고 새끼 쥐들은 칭얼대고 있었다. 비탈 위에서는 매드랫 씨가 107번째 진흙 성을 마지막으로 손질하며 108번째 성 만들 곳을 곁눈질로 살피고 있었다.

몬터규가 모습을 보이자 매드랫 부인이 연한 보라색 깃털을 바닥에 떨어뜨리며 외쳤다.

"몬티! 너 괜찮니? 걱정돼서 죽는 줄 알았잖니! 저녁을 연달아 두 번이나 안 먹고!"

그래도 모자 만들기를 그만둘 정도로 걱정하진 않았네요. 몬터규는 이렇게 생각하며 침대 속으로 들어갔다.

몬터규의 엄마가 침대 옆으로 다가와 말했다.

"애야, 뭐 좀 먹지 않을래?"

몬터규는 고개를 가로저었다.

"지금까지 어디에 있었니?"

"공원에요. 거의."

매드랫 부인은 어색하게 주위를 둘러보더니 말했다.

"아무것도 안 가져왔구나. 재료가 거의 떨어졌는데. 내가 만
든 모자 좀 볼래?"

눈물이 코끝을 간질였다.

"엄마, 이젠 더 이상 재료를 못 갖다드릴 것 같아요. 이젠 아
무것도 할 수 없을 것 같다고요."

엄마는 앞발을 털에 문질러 닦은 다음 부드럽게 몬터규를 어
루만져 주었다.

"왜 그러니, 몬티. 도대체 무슨 일이야?"

몬터규가 훌쩍거리며 말했다.

"무니 삼촌이 죽었어요. 나 때문에요."

"무니가 죽었다고!"

"내가 그냥 죽도록 혼자 있게 놔뒀어요. 무니 삼촌이 햇볕을
받을 수 있게 돌봤어야 했는데, 군중들 앞에서 인사하고 앞발을
흔드느라고 그만."

"군중들 앞에서 인사하고 앞발을 흔들었다고?"

엄마는 몬터규의 귀와 코끝을 만져 보며 계속 말했다.

"열은 없는데. 너 설마 민들레 술을 마신 건 아니겠지?"

몬터규가 고개를 저었다.

엄마가 말을 계속했다.

"무니가 죽다니! 세상에! 엘리자베스가 탄 배가 이번 주 화요일에 돌아오는데. 에그, 불쌍해라. 이 소식을 알면 충격 받을 텐데."

몬터규가 콧방귀를 뀌며 말했다.

"흥, 삼촌을 사랑하기나 했대요?"

"물론이지. 애야, 그게 숙모의 천성인데 어떻게 하겠니. 숙모와 삼촌은 엄마 아빠만큼 잘 맞지 않았던 것뿐이야."

몬터규는 믿기지 않는다는 눈초리로 진흙 더미를 쳐다보았다. 아기 쥐들이 소리를 질러 댔다. 몬터규는 이불을 끌어당겨 머리 위까지 덮어썼다.

엄마는 이불을 끌어내리며 물었다.

"군중들에게 인사를 했다니, 그게 무슨 말이냐?"

불과 몇 분 전만 해도 몬터규는 수천 마리의 쥐들에게 둘러싸여 호위를 받으며 공원을 나서고 있었다. 그 쥐들의 찬사가 더 이상 견딜 수 없었던 몬터규는 군중들을 따돌리고 하수구로 도망쳐 왔다.

몬터규가 중얼거렸다.

"아무것도 아니에요. 그 쥐들이 날 다른 쥐로 잘못 알았던 거예요."

"그래? 조금 자고 나면 기분이 좀 나아질 게다. 자기 전에 뭘 좀 먹겠니?"

"아니요, 됐어요."

몬터규는 이렇게 말하고는 이불을 다시 뒤집어썼다.

얼마 지나지 않아 엄마가 다시 일을 하며 흥얼거리는 소리가 들렸다. 그리고 잠깐 잠들었다가 깼을 때는 보라색 물감이 다 떨어져 간다고 투덜거리는 엄마의 말소리가 들렸다.

몬터규는 잠이 들었다 깼다 하며 그다음 날도 또 다음 날도 침대에 누워 있었다. 이상하게도 아무 일도 하지 않고 누워만 있는데도 점점 쇠약해지는 기분이었다. 그러는 내내 엄마는 큰 통에다 수프를 끓이고 있었다. 하지만 몬터규가 뒤척이는 소리를 듣고 엄마가 수프를 가져다줄 때마다 몬터규는 수프를 밀어냈다. 자꾸 삼촌의 입에서 술이 흘러내리던 모습이 어른대서였다. 전에는 몇 시간 이상 굶어 본 적이 없는 몬터규였다. 그런데 지금은 벌써 며칠째 굶고 있었다. 미술관으로 가기 전부터 아무것도 먹지 않고 있었던 것이다. 몬터규는 점점 여위어 갔다. 침대에 누운 지 사흘째 되던 날, 엄마가 누워 있는 몬터규를 깃털 끝으로 콕콕 찔러서 깨웠다.

엄마가 애처로운 목소리로 말했다.

"몬티, 물감이 다 떨어졌단다. 빨간색도 없고, 보라색도, 초록색도, 분홍색도, 노란색도 없고 아무것도 없어. 제발 뭘 좀 먹으려무나. 너를 위해서가 아니라 이 불쌍한 어미를 위해서라도 기운을 차려서 딸기 좀 가져다주렴."

231

몬터규는 이불 끝을 들고 밖을 내다보았다. 엄마의 얼굴이 너무 비참해 보였다. 몬터규는 마지막으로 딱 한 번만 일어나야겠다고 맘먹었다. 하지만 힘이 없어서 일어설 수가 없었다. 거기에 죄책감과 슬픔까지 밀려왔다.

몬터규는 한숨을 내쉬며 다시 주저앉고 말았다.

"죄송해요, 엄마. 도저히 힘이 나질 않아요."

다음 날에도 엄마는 새끼 쥐들이 깨기도 전에 몬터규를 깨웠다. 엄마는 한숨도 못 잔 얼굴이었다. 눈 밑에 까만 그늘이 생겨서 무척 핼쑥해 보였다.

엄마가 앓는 소리를 내며 말했다.

"물감도 없이 난 어떻게 살아야 할지 모르겠구나. 이 앞발로 뭘 해야 할지 모르겠어. 아무래도 내가 직접 나가 봐야 할까 봐. 아니면 네 아버지한테 한번 부탁하든지. 그런데 걱정이구나. 우리 둘 다 공원에 나가 본 지 하도 오래돼서 길을 잃을 것 같으니."

"나가지 마세요, 엄마."

몬터규는 다시 힘을 내서 침대 밖으로 나오려고 맘먹었다. 그런데 머리를 들 수가 없었다. 정말 이상한 일이었다. 졸리지도 않은데 눈을 뜨고 있을 수가 없었다. 눈이 감기자 어린 동생들의 울음소리는 어느새 환호성 소리로 바뀌었고 자기는 쥐들에게 앞발을 흔들고 있었다. 정작 환호를 받아야 할 삼촌은 죽어 가고 있는데.

그날은 화요일이었다. 오후가 되자 엄마가 엘리자베스 숙모를 마중 나갔다. 엄마와 숙모가 돌아오자 몬터규는 한쪽 눈을 뜨고 이불 바깥을 바라보았다. 엘리자베스 숙모가 담뱃갑 위에 쓰러져 울고 있었다. 숙모의 아름다운 얼굴이 갑자기 늙어 버린 것 같았다.

엘리자베스 숙모는 그날 오후 내내 울었다. 몬터규는 자기가 죽는 것만이 삼촌의 죽음에 속죄하는 길이라고 생각했다. 그리 오래 걸릴 것 같지도 않았다. 몬터규는 점점 더 정신이 희미해졌다.

갑자기 침대가 흔들렸다. 엄마의 목소리가 들렸다.

"이러면 안 돼, 몬티! 먹어야 살지!"

몬터규는 고개를 흔들고 싶었지만 움직일 수 없었다. 몬터규는 간신히 작은 소리로 말했다.

"됐어요."

조금 있다가는 이불이 젖혀지며 엘리자베스 숙모의 목소리가 들렸다.

"자, 몬티! 일어나라! 네게 줄 게 있어."

몬터규는 아무 말도 하지 않았다.

"지난번에 가져다준 조개껍데기에 뭘 그렸나 보여 주겠니?"

몬터규가 속삭였다.

"저기 있어요."

"오, 그래, 하지만 아직 다 그리지도 않았잖니. 다른 조개껍데기들은 다 어디 갔니?"

"이젠 없어요."

"없다고? 어떻게 된 거야?"

몬터규는 들릴락 말락 한 목소리로 지난 일을 짧게 이야기해 주었다. 엘리자베스는 몬터규의 입에 귀를 바짝 갖다 대고 자기가 바하마 여행을 떠난 사이에 일어난 이야기를 들었다.

엘리자베스 숙모는 몬터규의 머리를 가볍게 어루만지며 말했다.

"그렇게 된 거였구나. 이자벨 모벌리랫 양이 사는 곳은 어디니? 어디에 네 조개껍데기 그림들을 두고 온 거야?"

"62번 부두요."

여기서 사나 저기서 사나 영원히 한 곳에서 산다는 것을 비참한 일이라고 여기는 엘리자베스 숙모가 비꼬듯 말했다.

"이런, 가장 부자 동네구나. 몬티, 잘 들어라. 무니 삼촌이 죽은 건 네 책임이 아니야. 삼촌은 그 술버릇 탓에 얼마 살지 못했을 거야. 지금 네가 해야 할 일은 삼촌의 이름을 이어 가야 한다는 사실이야. 그리고 네 불쌍한 엄마를 위해 착한 아들이 되어야 한다는 것이지. 네 엄마는 지금 절망에 빠져 있어. 네가 계속 이렇게 아무것도 먹지 않으면 이스트 강(뉴욕 시 맨해튼과 롱아일랜드 사이의 해협:옮긴이)에다 모자를 다 버리겠다는구나."

몬터규는 엄마가 그러지 않길 바라면서 희미하게 소리를 내었다.

숙모가 말을 이었다.

"그래, 착하구나. 너에게 주려고 조개껍데기를 몇 개 더 가져왔단다. 앞발을 다시 쓸 수 있게 되면 거기에 그림을 그리렴. 알았지?"

하지만 조개껍데기는 삼촌의 죽음을 떠올리게 했다. 지금으로 선 도저히 견딜 수 없는 일이었다. 몬터규의 감은 눈에서 눈물이 흘러내려 코끝을 간질였지만 닦아 낼 기력도 없었다. 눈을 깜빡여 보려고도 했지만 역시 할 수 없었다. 어린 동생들이 칭얼대는 소리가 점점 멀어졌다. 이젠 몬터규의 숨소리도 점점 느려졌다. 겨울잠을 잘 때보다 더 느려진 것 같았다. 몬터규는 마지막으로 꼬리를 움직여 보려고 했다. 하지만 마음뿐이었다.

몬터규는 몸이 들리는 걸 느꼈다. 아마 죽은 쥐들이 가는 강을 건너려는 거겠지. 강 너머엔 삼촌이 있다. 그 강은 분명 볼거리가 많을 텐데 몬터규는 눈을 뜰 수가 없었다. 바로 그때, 뭔가

따뜻한 것이 몬터규의 입 안으로 들어왔다.

몬터규는 죽을 한 입 가득 삼켰다. 삶과 죽음 사이에 있는 강
에는 죽이 흐르고 있나? 다시 입 안이 가득 찼다. 꿀꺽. 또다시
가득 차고. 따스한 기운이 배 속을 간질였다. 몬터규는 가까스로
눈을 떴다. 거기에는 삼촌의 유령이 아니라 아버지의 얼굴이 있
었다. 아버지가 자기를 아기처럼 안고서 죽을 먹이고 있다니! 아
버지와 이렇게 가까이 있다니, 꿈결에서도 기분이 묘했다. 아버

지의 팔뚝은 무척 단단하고 강인한 느낌이었다. 흙냄새가 약간 섞여 있었지만 아버지의 몸에선 좋은 냄새가 났다. 죽을 반 그릇 정도 억지로 먹인 아버지는 몬터규를 침대에 누이고 머리를 어루만져 준 다음 진흙 성들이 즐비한 비탈로 다시 올라갔다.

따뜻한 죽은 금세 효과가 있었다. 곧 정신이 든 몬터규는 눈을 깜빡거리며 주위를 둘러보았다. 침대 발치에는 그리다 만 나비 그림 옆에 새로운 조개껍데기가 두 개 놓여 있었다. 하지만 엘리자베스 숙모와 담뱃갑의 흔적은 어디에서도 찾을 수 없었다. 불쌍한 엄마는 빈 물감 통 옆에 쓰러져 앉아 흐리멍덩한 눈으로 몬터규 쪽을 응시하고 있었다.

몬터규는 착한 아들이 되기로 엘리자베스 숙모와 한 약속을 생각해 내고 엄마에게 말했다.

"엄마, 걱정 마세요. 내일은 딸기와 깃털을 가져다드릴게요. 약속할게요."

21장 다시 만난 이자벨

그다음 날도 후덥지근한 기운이 희뿌연 하늘 아래를 가득 메우고 있었다. 무더운 날씨 탓에 모두들 쥐 죽은 듯이 꼼짝 않고 있었다. 하지만 몬터규는 약속을 지키기 위해 쇠약해진 몸을 이끌고 콜럼버스 로터리에 있는 빗물받이에서 기어 나와 센트럴 파크 안으로 들어갔다. 몬터규는 새들이 몸단장을 하는 호숫가에 이르렀다. 거기서 꼬리 가득 깃털을 모은 몬터규는 중앙 잔디밭 옆 딸기 밭으로 기어 내려갔다.

볼이 불룩해지기 시작할 무렵 몬터규는 문득 이런 생각이 들었다. 장사꾼 쥐 펨처럼 주머니를 가지고 다니면 덜 우스워 보이지 않을까? 하지만 곧 맘이 바뀌었다. 좀 우스꽝스럽게 보이는 게 뭐가 대단한 일인가. 이제 와서는 놀림을 받으면 어쩌나 하는 걱정은 모두 유치하고 시시하게 느껴졌다. 몬터규는 딸기 밭 밖으로 곧장 나와 탁 트인 들판을 향해 터벅터벅 걸었다. 이젠 다

2 3 8

른 쥐들의 눈을 피하려고 전혀 애쓰지 않았다.

　그래도 양들의 초원에 접어들었을 때는 잠깐 멈춰야 했다. 여느 때처럼 양들은 없었지만 거기엔 인간들이 눈에 거슬릴 정도로 많이 나와 있었다. 여전히 별난 풍선을 들고 있는 아이들이 있었고 이런 날씨에 일광욕을 즐기려는 어른들 여럿이 잔디에 누워 있었다. 갑자기 바람이 잦아들었다. 하늘이 숨을 꾹 참고 있었다. 고요한 공기를 뚫고 멀리서 타다다닥 하는 소리가 들렸다. 마치 쥐 한 마리가 양철 지붕 위를 한달음에 달려가는 소리 같았다. 하늘을 쳐다보니 시커먼 구름이 쏟아진 잉크처럼 여름 하늘을 물들이고 있었다. 양들의 초원 주위에 서 있는 나무들이 모두 나뭇잎을 뒤집으며 은빛으로 변했다. 천둥이 쳤다. 누워 있던 사람들이 수건과 선탠오일을 집어 들고는 비를 피해 달아났다. 아이들도 풍선을 내던진 채 소리를 지르며 어른들을 쫓아갔다. 풍선들이 공중에서 곡예를 부렸다. 이윽고 세차게 퍼붓기 시작한 소나기는 풍선을 모두 터뜨리고 몬터규의 깃털도 모두 앗아갔다. 이제 양들의 초원에 남아 있는 건 몬터규뿐이었다.

　정말 그랬을까? 쏟아지는 비 때문에 몬터규는 눈을 제대로 뜰 수가 없었지만 떨어진 깃털을 주우러 돌아다니는데 혼자가 아니라는 느낌이 들었다. 몬터규는 옆을 돌아보았다. 옆에는 아가씨 쥐가 넘어져 있었다. 흠뻑 젖은 아가씨의 털은 더러워져 있었고 보기 흉하게 헝클어져 있었다.

"이자벨!"

"이런! 지난번보다 더한 폭풍이네요. 더구나 새로 산 우산도 안 갖고 나왔지 뭐예요."

며칠 만에 처음으로 몬터규의 얼굴에 웃음이 번졌다. 몬터규가 말했다.

"당신 리본도요."

"글쎄, 내 리본이 몽땅 못쓰게 됐지 뭐예요! 실은…… 저, 이 상하게 들릴지도 모르지만, 며칠 동안 당신을 찾아다녔어요. 이 제야 당신을 만났네요! 당신하고 그 딸기하고요!"

이자벨은 이렇게 말하고 웃음을 터뜨렸다. 몬터규는 입에서 딸기를 뱉어 내고는 주둥이를 닦았다.

이자벨이 계속 말했다.

"어디 비를 피할 만한 곳이 없을까요? 하수구 말고요."

이자벨은 리본이 없는 목을 만지며 말을 이었다.

"사실 여기 오기 전에 하수구에 있을 때까지만 해도 리본을 하고 있었어요."

"덤불숲을 알아요. 저 위 호수 옆이에요."

몬터규의 월계수들은 잎이 무성하긴 했지만 비를 피하기엔 그 다지 알맞은 장소는 아니었다. 몬터규와 이자벨은 나무 아래에 나란히 앉아서 빗방울이 호수 위에 떨어져 수많은 주름을 만들어 내는 것을 바라보았다. 둘 다 몸이 젖는 것 따윈 전혀 맘에 두지 않았다. 게다가 이번 폭풍우는 거대한 자연이 지루한 여름날에 던져 주는 한바탕 장난 같은 것이어서 제대로 시작도 되기 전에 끝나 가고 있었다. 쏟아 붓던 빗줄기도 어느새 그치고 빗방울만이 나뭇잎에서 똑똑 떨어지고 있었다. 이제 맑아진 햇살이 물 위에서 반짝거렸다. 새들이 나무에 내려앉아 가슴속 깊은 데서 울려 나오는 노래를 부르고 있었다. 마치 비가 개어 새로 태어난 세상을 축하라도 하는 듯이.

이자벨이 말을 꺼냈다.

"새들은 그다지 똑똑한 무리는 아니지만, 아름다운 건 틀림없는 것 같아요. 그렇죠?"

하지만 몬터규 생각엔 좀 지저분해지긴 했어도 옆에 앉아 있는 아가씨가 새들보다 훨씬 더 아름다운 것 같았다. 몬터규는 수줍어하며 자기 생각을 얘기했다.

그러자 이자벨이 말했다.

"정말요? 그럼 내 초상화를 그려 줄래요?"

"네? 하지만 이젠 그림을 그리지 않기로 한걸요."

"뭐라고요? 바보 같은 말 하지 마요, 몬터규!"

이자벨은 조금 누그러진 목소리로 계속 말했다.

"그러니까 내 말은, 그려 줄 거죠? 나를 위해서 말이에요."

"글쎄요……. 그러죠, 뭐……. 당신을 위해서."

뭔가가 몬터규의 꼬리를 감쌌다. 뒤를 돌아다보니 놀랍게도 그건 이자벨의 꼬리였다.

몬터규는 이자벨의 꼬리에서 은빛으로 반짝이는 것을 보고 물었다.

"어, 그게 뭐지요?"

"이거요? 엘리자베스 숙모가 주셨어요."

몬터규는 놀라서 말했다.

"엘리자베스 숙모가요?"

정말 그건 해와 달이 변하는 모양이 새겨진 엘리자베스 숙모의 반지였다.

몬터규가 물었다.

"당신이 어떻게 엘리자베스 숙모를 알아요?"

"어제 우리 집에 오셨어요. 난 완전히 지쳐서 누워 있었지요. 당신을 찾아다니느라 온 숲을 다 뒤지고 다녔거든요. 엘리자베스 숙모는 굉장히 상냥하고 자상한 분이더군요. 그분은 당신이 사는 곳을 말해 주지는 않으려 하더군요. 그 아래는 수평선 같은 건 없는 곳이라고 하면서 우리는 수평선이 있는 곳에서 만나야 한다고 했어요. 그분은 내게 이 반지를 선물로 주셨어요. 그러면

서 내가 이 반지의 가치를 알게 되기를 바란다고 했어요. 숙모님
보다 더요. 이 반지는 정말 너무 아름다워요. 물론 당신의 그림
다음으로요."

　시간이 지나도 이자벨의 꼬리는 계속 몬터규의 꼬리에 감겨
있었다. 타는 듯한 저녁놀을 받은 호수의 물이 넘쳐서 몬터규의
가슴으로 밀려들어 오는 것 같았다. 이윽고 하늘과 호수에 가득

차 있던 저녁놀이 모두 수평선 뒤로 흘러가 버렸다. 새들도 마지막 연주를 끝냈다. 공원에 어둠이 깃들자 몬터규의 가슴에 슬픔이 다시 스며들어 왔다. 발 아래 어딘가에 무니 삼촌이 묻혀 있을 텐데. 쥐들이 무덤 위에 세워 놓은 표시는 폭풍우 탓에 쓸려 나가고 없었다.

몬터규가 말했다.

"난······."

몬터규가 말을 잇지 못하고 한숨을 쉬었다.

"나도 알아요. 하지만 이제 그분은 역사에 남을 거예요."

이자벨의 말을 고맙게 생각하며 몬터규가 말했다.

"하지만 이름만 남은걸요."

이자벨도 한숨을 내쉬며 말했다.

"그건 그렇지요. 아무도 그분이 진짜 어떤 분이었는지 모를 거예요. 그분이 불렀던 노래라도 기억이 났으면 좋겠는데."

"나도 한 번 들어 본 적이 있어요."

몬터규는 이자벨의 꼬리를 더 꼭 감으며 달을 바라보았다. 그 순간 달 속에 숨어 있던 지저분한 얼룩이 또렷이 나타났다. 너무나 또렷해서 이젠 상상만으로도 달을 그릴 수 있을 것 같았다. 그 얼룩은 바로 무니 삼촌의 얼굴이었다.

몬터규는 부드러운 목소리로 노래를 불렀다.

해와 달 주위에 반지가 보이고
나무 안에서도 보인다네.
천사들이 만드는 반지도 있고
공장에서 만드는 반지도 있다네.

몬터규는 노래를 멈췄다. 그러고는 우연히도 자기가 수많은 쥐들에 쫓겨 나무 안에 갇혔던 일을 기억해 냈다.

몬터규가 말했다.

"이만큼밖에 기억나질 않는군요."

이자벨이 꿈꾸는 듯한 목소리로 말했다.

"음, 자장가 같아요. 당신도 졸려요?"

몬터규는 그렇다고 대답하면서 이자벨에게 물었다.

"이제 집에 가야 할 것 같군요. 그렇죠? 불쌍한 엄마. 깃털과 딸기를 기대하고 계실 텐데."

하지만 놀랍게도 이자벨은 꼬리를 풀어 주지 않았다.

조금 시간이 지나서 이자벨이 말했다.

"우리 아침에 같이 모아요. 내가 도우면 두 배로 모을 수 있을 거예요. 내 볼이 딸기로 불룩해지는 걸 한번 볼래요?"

"그럼 여기서 밤새 있자고요?"

"이곳도 나쁘지 않은데요, 뭐."

"하지만 이자벨, 감기 걸릴지도 몰라요. 다 젖었잖아요."

"괜찮아요. 지금보다 따뜻한 적이 없었는걸요."

몬터규는 하던 얘기도 잊고 수줍은 듯 속삭였다.

"나도 그래요."

이자벨이 잘 자라고 몬터규에게 입을 맞추자 몬터규는 달콤한 꿈에 젖어 호수 위를 둥둥 떠다니는 느낌이었다. 실제로 몬터규는 곧 달콤한 꿈나라로 빠져 들었다. 제대로 먹지 못한 데다 오늘은 아주 힘든 하루였던 것이다. 이자벨은 금세 잠이 들지 못했다. 밤이면 이 근처에 깡패 쥐들이 나돌아 다닌다는 얘기를 들은 적이 있었다. 이자벨은 잠깐 졸다가 뒤에서 부스럭거리는 소리에 눈을 번쩍 떴다. 이자벨은 몬터규에게 더 바짝 다가앉아 귀를 쫑긋 세웠다. 하지만 더 이상 무서운 소리는 들리지 않았다. 이윽고 달빛 아래 눈을 감은 이자벨은 더없이 행복한 꿈속으로 여행을 떠났다.

아마 이자벨이 부스럭대는 소리에 뒤를 돌아다 봤으면 그렇게 곤히 잠이 들 수 없었을 것이다. 바로 옆 나무 덤불 아래에는 누렇고 약삭빠르게 생긴 두 눈이 둘을 뚫어져라 쳐다보고 있었던 것이다. 그것도 모른 채 둘은 깊은 잠에 빠져 들었다. 몬터규의 꼬리를 감고 있던 이자벨의 꼬리도 맥없이 풀어졌다. 둘을 염탐하던 쥐가 고양이처럼 살금살금 덤불에서 나와 몬터규의 꼬리에 뭔가를 슬쩍 밀어 넣었다. 그것은 옆에 있는 아가씨 쥐의 꼬리에 있는 것과 썩 잘 어울렸다.

염탐꾼은 뒤로 돌아 덤불로 들어가더니 구부정한 등에 종이봉투를 지고는 호숫가를 따라 걸어갔다. 종이봉투에서는 새로 모은 갖가지 보물들이 쩔그렁 소리를 냈다. 그 안에는 클립 여러 개와 5센트짜리 동전들, 병뚜껑 같은 것들이 들어 있었지만, 그 어떤 것도 조금 전에 줘 버린 것만큼 값지고 반짝거리진 않았다. 마음은 아팠지만 왜 자기가 거기 뒤에 숨어서 그런 일을 했는지 펨은 잘 알고 있었다. 그것은 늘 해 오던 장사와는 다른 일이었다. 이제까지는 느끼지 못했던 묘한 기분에 휩싸이면서 코끝부터 꼬리 끝까지 달콤하면서도 짜릿한 느낌이 들었다. 달빛이 가득 찬 저 물속에서 온몸을 구석구석까지 깨끗하게 씻은 기분이었다.

펨은 노래를 부르고 싶었다. 예전에는 그런 바보 같은 이유로 노래를 부를 펨이 아니었는데. 더구나 펨의 목소리는 아무리 장사꾼 쥐라지만 너무 거칠었다. 하지만 펨은 생각했던 것보다 훨씬 더 옛 동료가 그리웠던 것이다. 펨은 둘의 잠을 방해하지 않을 만큼 멀리 떨어지자 옛 친구가 부르던 노래의 뒤 구절을 꽉 잠긴 목소리로 부르기 시작했다.

어떤 반지는 가슴에서 맴돈다네,
연인이나 친구에게서 받은 반지라면.
그러나 어떤 반지건 동그랗지.
시작도 없고, 끝도 없다네.

예술과 사랑, 재치가 넘치는 멋진 이야기

    토어 세이들러의 《뉴욕 쥐 이야기》는 뉴욕이라는 대도시를 배경으로 인간 세계를 닮은 쥐들의 세계에 관한 기발하고 세련된 판타지이다. 작가는 호화로운 생활을 하는 상류 사회의 쥐들과 하수구에 사는 예술가 쥐들의 대비를 통해 빈부의 차, 예술의 의미, 사회적 편견 등 자칫 무겁게 느껴질 수 있는 주제를 모험과 사랑 이야기에 녹여 재치 있게 풀어 나간다. 작가의 다른 작품에서처럼 주인공은 자신에게 닥친 어려움에 처음엔 소극적으로 대응하지만 여러 사건을 겪으면서 점차 적극적으로 편견에 맞서면서 자기의 삶을 헤쳐 나가 마침내는 내면의 성숙과 함께 주변의 시선까지 변화시킨다.

    매일 센트럴 파크에서 조깅을 했던 세이들러는 땅에 떨어져 있는 나뭇잎들 사이에서 부스럭대는 쥐들의 소리를 자주 들었는데, 어느 날 쥐약을 놓았으니 애완견들을 조심시키라는 경고 표지를 보게 되었다고 한다. 이것을 보고 사람이 쥐들을 싫어하는 것처럼 쥐들도 사람을 싫어하지 않을까 하는 생각과 함께 인간 사회가 굴러가는 것과 마찬가지로 지하에서도 쥐들의 사회가 존재할 거라는 생각이 들었다고 한다. 이렇게 해서 나온 작품이 바로 세이들러의 대표작《뉴욕 쥐 이야기》이다. 이 작품은 10여 개 언어로 번역되어 세계 여러 나라 어린이들에게 많은 사랑을 받았는데, 세이들러는 이 작품을 '내가 쓴 어린이책 중에 가장 복잡한 작품'이라고 평가하면서, "쥐의 관점에서 쓴 러브스토리이며 사회에 대한 풍자가 녹아 있는 모험 이야기이다. '신분 차별'과 '몰살이라는 망령'이 대도시 뉴욕의 쥐 이야기에 담겨 있다."고 말한다. 여기서 작가가 말하는 '몰살'은 자신의 이익에 해가 된다고 해서 또는 자신의 기호나 가치관에 맞지 않는다고 해서 다른 인간이나 동물을 무자비하게 없애려는 이기적인 행동이나 그들의 가치를 인정하려 하지 않는 이기적인 생각을 염두에 둔 말일 것이다.

몬터규네 가족은 뉴욕의 지하 하수구에서 다른 쥐들과는 왕래가 없이 살고 있다. 몬터규네 가족은 앞발을 써서 뭔가를 만든다고 해서 범죄 집단처럼 평가받는다. 모름지기 쥐들은 앞발로 동전을 모아야지 뭘 만들어서는 안 된다는 사회의 관습 때문이다. 그럼에도 몬터규의 엄마는 앞발로 깃털 모자를 만들고 아버지는 진흙 성을 만든다. 몬터규는 엄마의 모자를 위해 깃털과 딸기를 모으고 숙모가 가져다주는 조개껍데기에 그림을 그리면서 지낸다. 늘 혼자였던 몬터규는 어느 날 아름다운 아가씨 쥐를 우연히 만나 첫눈에 반한다. 이름은 이자벨이고 부두에서 사는 높은 관리 쥐의 딸이다.

한편, 인간들이 부두에 독약을 놓기 시작한다. 독약 살포를 막기 위해서는 10만 달러를 모아야 한다. 그런데 나쁜 짓으로 평가받던 '앞발로 그린' 몬터규의 조개껍데기 그림으로 인간과 거래를 하여 10만 달러를 번다. 보통 조개껍데기를 뛰어난 예술품으로 바꾼 몬터규의 작은 그림이 쥐 사회를 구한 것이다. 몬터규는 영웅이 되어 박수 세례를 받고 마침내 원하던 모든 것을 얻는다.

많은 일을 겪은 몬터규는 이제 예전처럼 남들이 자기를 어떻게 보는지 신경 쓰지 않고 덤덤히 자기 자신 그대로의 모습을 받아들일 정도로 성숙해진다. 다른 쥐들 역시 몬터규와 몬터규의 삼촌, 그리고 매드랫 가문이 앞발로 하는 일들을 바라보는 눈이 달라진다.

외롭고 좁은 세계에 갇혀 소극적으로 지내던 몬터규가 좌절과 아픔을 딛고 결국엔 사회의 잘못된 관습과 편견을 깨고 명예와 사랑을 얻게 된 것이다. 물론 그런 성공에는 자기와 이름이 같은 무니 삼촌의 희생과 예술에 대한 신념이 큰 역할을 한다. 나아가 엄마 아빠의 사랑에 대한 확인 등 가족간의 사랑은 절망에 빠진 몬터규를 다시 일으켜 세우는 원동력이 된다.

작가는 풍부한 상상력으로 쥐들의 세계를 복잡하지만 매우 조리 있게 그려 냈다. 세이들러가 창조한 쥐는 노래도 부르고 반지에 세공도 할 줄 알고 조개껍데기에 그림도 그리지만 실제 쥐들처럼 땀을 흘리지 않으며(실제로 쥐에게는 땀샘이 없다) 하수구를 돌아다닌다. 작가의 창의적 상상과 실제 쥐의 생태적 특성이 교묘하게 어우러져 이야기는 더 현실감 있게 다가온다. 이렇게 정교하게 창조된 동물의 세계는 어린이뿐만 아니라 마음속에 상상력을 간직하고 있는 어른까지 이야기에 푹 빠져들게 한다. 아마도 그건 그 동물의 세계가, 가슴 졸이게 하는 모험과 로맨스, 용기, 신념뿐 아니라 때로는 편견과 부조리로 가득 찬 인간 세계와 너무나 닮았기 때문일 것이다.

세이들러의 작품에 나오는 동물들은 흔히 볼 수 있는 개나 고양이처럼 털이 복슬복슬한 귀엽고 사랑받는 그런 동물들이 아니다. 쥐나 족제비, 뱀처럼 사람들의 애정 밖에 있는 그런 동물들이다. 세이들러는 조금은 징그럽고 하찮게 여겨지는 그런 동물들을 따뜻한 시선으로 바라보고 주인공으로 등장시켰는데, 바로 모든 인간이 존중받아야 하듯이 그러한 동물들도 존중받아야 한다고 생각했기 때문이라고 한다.

책에서와 마찬가지로 실제 삶에서도 인간의 삶은 동물들의 삶과 함께 존재한다. 각자는 서로 독립적인 것 같다가도 어느 순간에는 서로 끼어드는 것이다. 이 책을 읽은 독자들은 이제 동물들

나름대로의 파란만장한 삶이 어딘가 우리 삶 가까운 데서 펼쳐지고 있을 거라고 쉽게 상상할 수 있을 것이다. 그런 상상을 통해 우리 어린이들이 자기중심, 인간 중심에서 조금 벗어나 보다 넓은 가슴으로 주변을 살필 줄 알고 인간과 같이 살아가는 다른 생물에게도 따뜻한 눈길을 보낼 줄 알게 되었으면 하는 마음이다.

지금쯤 몬터규는 공원에서 깃털을 모으고 있을까? 거리를 지나다 나무 뒤에서 부스럭대는 소리가 들릴 때면 이제는 예사롭게 생각되지 않는다.

옮긴이

토어 세이들러

1952년 미국 뉴햄프셔 주의 리틀턴에서 태어난 세이들러는 연극에 관련된 일을 하는 부모님 밑에서 예술적인 분위기에서 자랐다. 스탠퍼드 대학에서 영문학을 전공, 졸업 뒤 뉴욕으로 가 출판사의 어린이책 부서에서 일을 하다가 1979년에 첫 작품 《덜시머를 연주하는 소년》으로 작가로서의 첫발을 내디뎠다. 그후 다양한 작품을 발표하면서 어린이책 분야에서 중요한 작가가 되었는데, 1982년에 발표한 《터핀》은 뉴욕 타임스 선정 올해의 주목받는 책에, 1986년에 발표한 《뉴욕 쥐 이야기》는 퍼블리셔스 위클리 선정 올해의 책에, 《웨인스콧 족제비》는 ALA의 주목받는 책에, 《못된 마거릿》은 내셔널 북 어워드의 최종 후보

Photo credit : 1986 ⓒ Brian Crimmins

작가까지 올랐다. 세이들러는 사람들의 애정 밖에 있는 쥐나 뱀, 족제비 같은 동물들을 주인공으로 한 작품을 많이 썼는데, 인간 세계와 마찬가지로 그러한 동물들의 세계도 존중받아야 한다는 생각에서라고 한다. 특히 이러한 동물의 세계를 기발하면서도 대단히 조리 있게 묘사하여 "내가 진정 원하는 책은 어린이책도 될 수 있고 어른 책도 될 수 있는 그런 책이다."라는 자신의 말처럼 어린이뿐만 아니라 마음속에 상상력을 간직한 어른까지 푹 빠져들게 한다. 세이들러는 대부분의 작품에서 '혼자'와 '타인과의 관계' 사이의 '균형'을 파고들었으며, 공상적인 부분에서부터 현실적인 부분을 모두 아우르는 다양한 작품 세계로 어린 독자들의 열렬한 지지를 받고 있다.

프레드 마르셀리노

1939년 브루클린에서 태어난 마르셀리노는 쿠퍼유니언 대학과 예일 대학 미술과를 졸업했다. 처음엔 잡지, 레코드 앨범의 디자이너로 일을 시작했으며 이후 책 표지 디자이너로 이름을 날렸는데, 작품의 미술적 요소를 끌어내는 작은 포스터 같은 표지를 디자인했다. 서서히 어린이책으로 관심을 돌린 마르셀리노는 세이들러의 《뉴욕 쥐 이야기》에 그림을 그림으로써 데뷔를 했고, 《웨인스콧 족제비》와 《꿋꿋한 주석 병정》에서도 세이들러와 호흡을 맞추었다. 1990년에 샤를 페로의 《장화 신은 고양이》의 삽화로 칼데콧 아너 상을 받았고, 처음으로 직접 글도 쓰고 그림도 그린 책 《나, 악어》는 1999년 뉴욕 타임스가 선정한 가장 삽화가 뛰어난 어린이책에 선정되었다. 마르셀리노는 사물을 부드러운 색채로 표현하였는데, 특히 그가 빛을 조절하는 교묘한 솜씨는 벽이나 의자, 문 같은 평범한 것들을 긴장감 있고 생생한 것으로 바꾸어 놓았다는 평을 듣는다. 2001년 세상을 떠날 때까지 150편이 넘는 어린이책에 빼어난 솜씨를 남겼으며, 디자인과 삽화와 관련된 수많은 상을 수상했다.

권자심

고려대 영어교육과를 졸업하고 전문 번역가로 활동하고 있다. 옮긴 책으로는 《웨인스콧 족제비》, 《못된 마거릿》, 《야생의 순례자 시튼(공역)》, 《못말리는 키티와 친구들(공역)》 시리즈가 있다.